江戸怪談を読む

吉原《よしわら》の怪談《かいだん》

髙木 元・植 朗子
渡辺 豪・広坂朋信
【著】

一立斎広重『東都名所　新吉原五丁町弥生花盛全図』蔦屋吉蔵 板

白澤社

〈前口上〉
怪談の吉原へようこそ

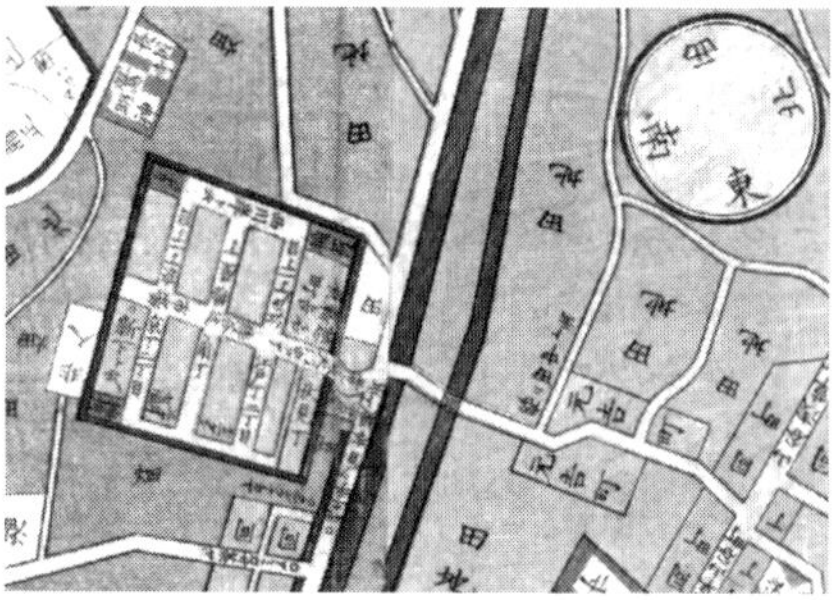

江戸切絵図 今戸箕輪浅草絵図の一部
（嘉永６年、戸松昌訓著、板元 尾張屋清七／
国会図書館デジタルコレクション）
左側の堀に囲まれた地域が吉原

東京大学に「新吉原の怪談（仮）」と呼ばれるかわら版があるそうです（東京大学大学院情報学環図書室／附属社会情報研究資料センター蔵）。それによると安政四年五月なかごろ、吉原＊＊＊＊（たぶん店の名）に夜な夜な不思議な出来事があるとのうわさが立ち、それを聞いた三人の男が真相を確かめようとその店に乗り込んだところ店側は大喜びで三人をもてなし、床入りすると女が来てむやみに袖を引くので、客がこれは……、というところで話は途切れ顛末がわからないのは至極残念。

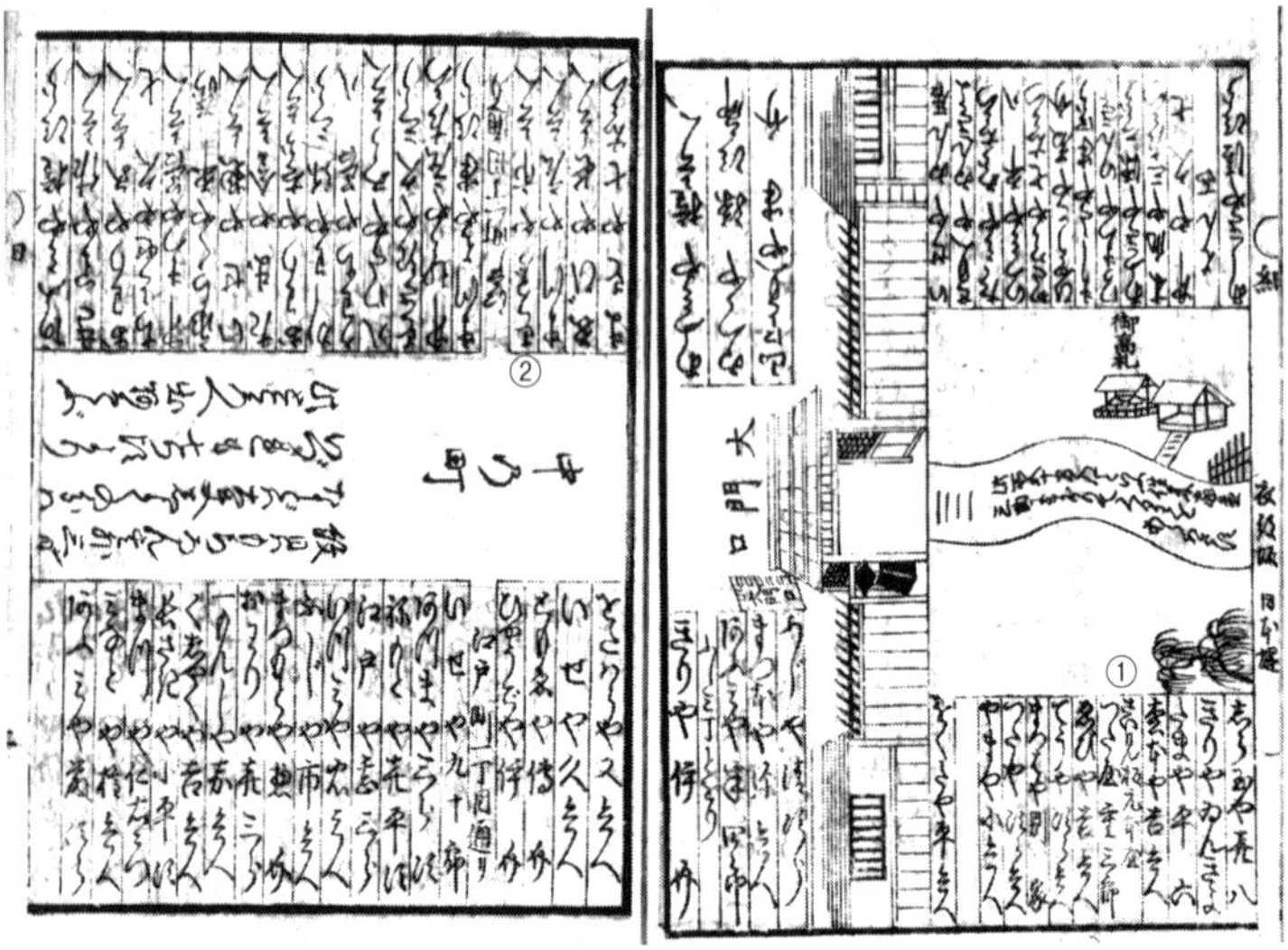

『吉原細見五葉枩』板元蔦屋重三郎、天明３年（国立国会図書館デジタルコレクション）より
①には「さい見板元本屋 つた屋重三郎」、
②には『烟花清談』の著者「するがや市右衛門」の名がみえる

かわら版にかわり、本書が怪談の吉原へとご案内いたしましょう。

江戸時代の吉原（新吉原）は周囲にお歯黒どぶと呼ばれた掘割をめぐらし、町への出入り口は北東（鬼門）側の一か所のみに限られていました。見返り柳を目印に衣紋《えもん》坂《ざか》から五十間道を進むと左手に本書第一章に抄録した『烟花清談《えんかせいだん》』の板元・蔦屋重三郎の耕書堂がありました。

蔦重の店のすぐ先にある大門《おおもん》をくぐると吉原遊廓です。

大門からまっすぐ伸びる大通りは春には桜を植える仲の町。引手茶屋が軒を連ねています。大門をくぐってすぐ左に入る通りは伏見町。大蛙の出た玉屋はここにあったとされています（第二章）。

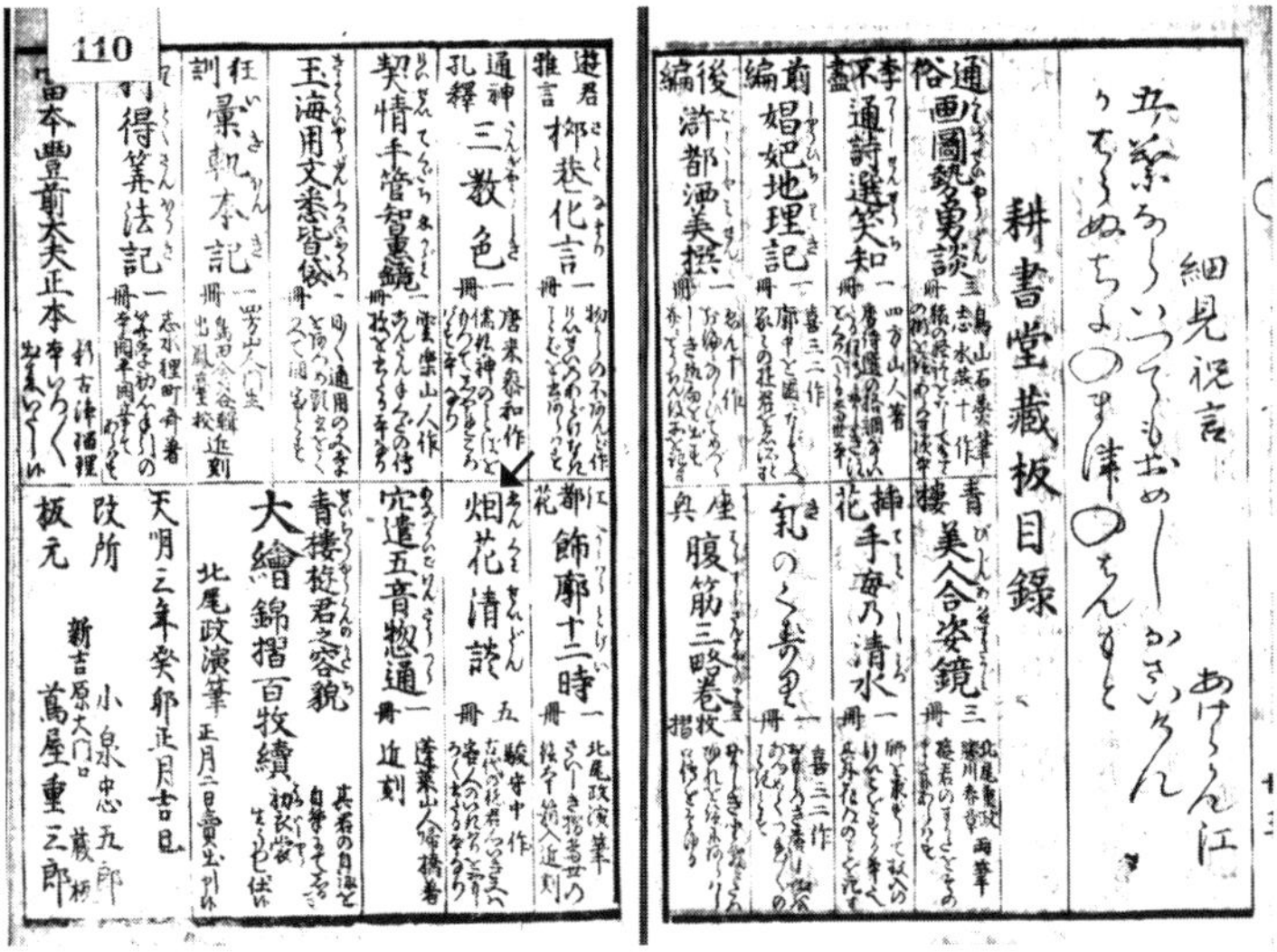
細見祝言
耕書堂蔵板目録
通俗画図勢勇談
青楼美人合姿鏡 三冊
李不通詩選笑知 一冊
婦手毎乃清水 一冊
娼妃地理記 一冊
後街都洒美撰 一冊
腹筋三略巻
遊君 郷巷化言 一冊
飾廓十二時 一冊 北尾政演筆
通神 孔釈 三教色 一冊
烟花清談 五冊
契情手管智恵鏡
咒遣五音惣通 一冊
大繪 錦摺百枚續
北尾政演筆
天明三年癸卯正月吉日
改所 小泉忠五郎
板元 新吉原大門口 蔦屋重三郎

『吉原細見五葉𣏐』（同前）より
目録の左頁下段（矢印）に『烟花清談』、左端に改所と板元の名が記されている

最初の四つ角の右角には『烟花清談』の著者、駿河屋市右衛門の営む駿河屋がありました。

駿河屋の角を右に入ると江戸町《えどちょう》一丁目、ライバルの幽霊をにらみ倒した遊女のいた上総屋があります（第一章）。左側の江戸町二丁目は、狐の客が来た山桐屋（第一章）、狸の客が来た佐野松屋（第二章）、遊女が和尚の生霊に悩まされた和泉屋（第二章）と賑やかです。

仲の町に戻って、その先の辻を右に入ると揚屋町《あげやちょう》、その突き当たりの西河岸にあったのが化物桐屋（第一章）。左に入ると角《すみ》町《ちょう》、名妓玉菊のいた中万字屋、心中するはずが自分だけ殺されてしまった紅のいた橋本屋がありました（第一章）。

仲の町のつきあたり、水道尻手前を右に入ると京町《きょうまち》一丁目、猫に助けられた薄雲の三浦屋は元禄のころはここにありました（第一章）。左に入ると幽霊に化けた遊女のいた角近江屋のあった京町二丁目。二階に禿の少女の秘密の友だちがいた万字屋、女衒の又七が元遊女の幽霊と暮らしたのもこのあたりです（第一章）。『鬼滅の刃』遊郭編で妓夫太郎・堕姫兄妹が生まれ育った羅生門河岸の長屋は京町二丁目の突き当り九郎助稲荷の手前です（コラム1）。

ここで現代に戻りましょう。江戸時代は行き止まりだった水道尻も現代ではお歯黒どぶが埋め立てられて通行可能です。仲之町通りの右手に九郎助稲荷も合祀されている吉原神社、そのまま道なりに歩いて吉原弁財天の向かいにあるのが遊廓専門書店カストリ書房（コラム2）、史跡散策の折には是非立ち寄りたい書店です。

以上、吉原の見取り図を頭に入れたら大門をお入りください。

本書は、第一章では忘八（遊廓関係者）の記した江戸吉原の怪談集『烟花清談』の翻刻と解説（髙木元）、コラム1では現代の人気漫画『鬼滅の刃』遊郭編から読み取られる吉原怪談（植朗子）、第二章では近世随筆等に見られる吉原の奇談の紹介（広坂朋信）、コラム2では遊廓での聞き取り調査から見た怪談（渡辺豪）、という構成で読者を怪談の吉原にご案内いたします。

狂歌師、大家裏住《おおやのうらずみ》は『烟火清談』の板元蔦屋重三郎の催した百物語狂歌の会で次のように詠みました。

これもちの身《み》でハ猶《なお》さらころさるゝ化《け》しやうやしき敷《か》大門《おおもん》の内《うち》

（『狂歌百鬼夜狂』古典文庫六六二より）

はてさて大門の向こうで出会うのは、化粧の者か、化生の物か。ようこそ、怪談の吉原へ。

西村重長筆「浮絵新吉原大門口」（江戸時代・18 世紀、東京国立博物館 蔵）
出典：ColBase (https://colbase.nich.go.jp)

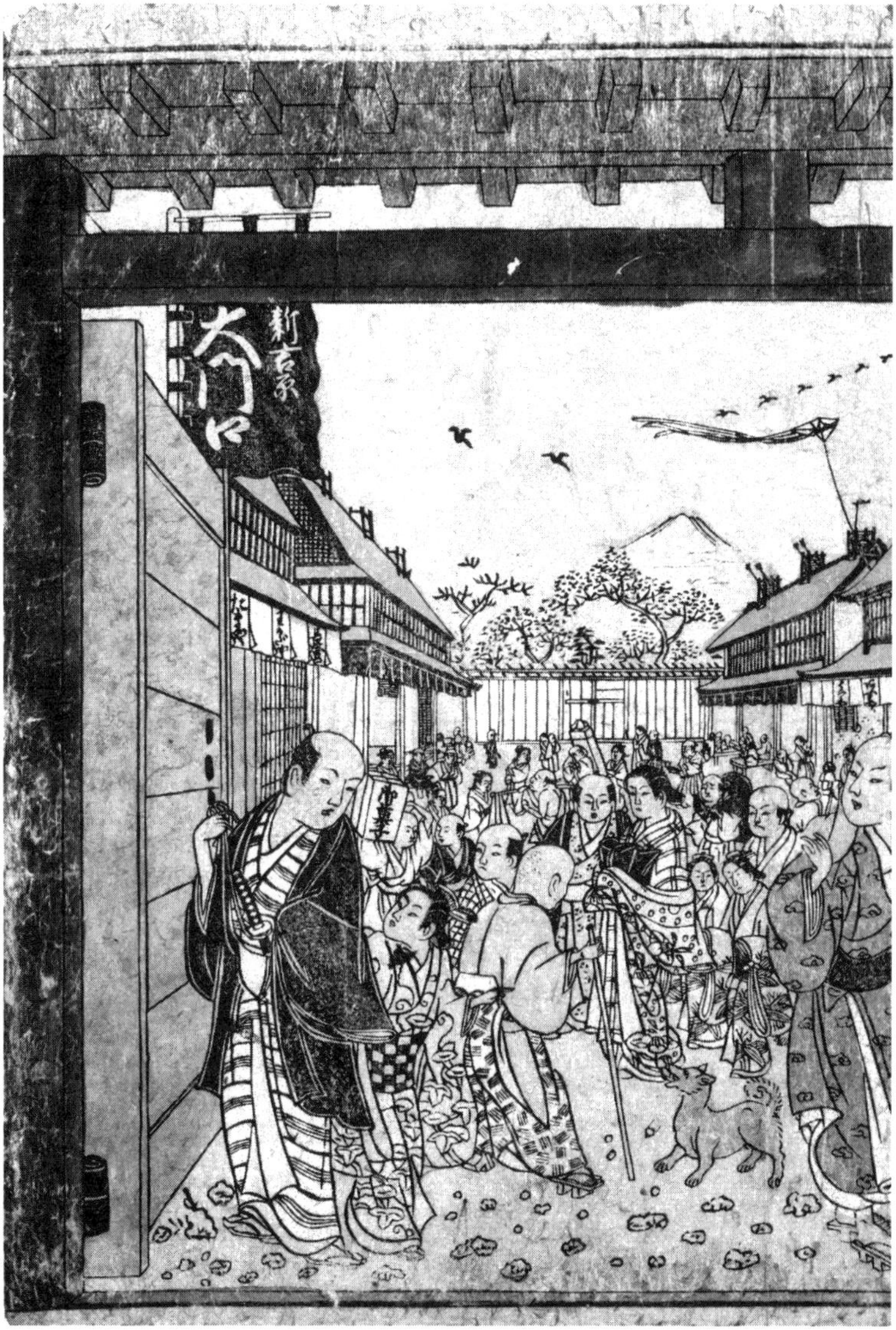
新吉原
大門口

カバー・表紙絵＝歌川広重「東都名所 吉原仲之町夜桜」（東京国立博物館 蔵 出典・ColBase）
式亭三馬 作、歌川国貞 画「手飼の猫几帳が道中の供する」『昔唄花街始』三巻
（国立国会図書館デジタルコレクション https://dl.ndl.go.jp/pid/2554659）
本扉絵＝一立斎広重『東都名所 新吉原五丁町弥生花盛全図』蔦屋吉蔵 板
（国立国会図書館デジタルコレクション https://dl.ndl.go.jp/pid/1302541）

第一章　『烟花清談』抄

高木 元

解題

ここで紹介する『青楼《せいろう》奇事《きじ》烟《えん》花《か》清談《せいだん》』（五巻五冊）は、安永五年《一七七六》に出板された二十三編の怪談奇談を集めた読本《よみほん》である。[1] 読本《よみほん》とは、吉原を舞台とした洒落本《しゃれぼん》や黄表紙《きびょうし》とは一線を劃《かく》するジャンルで、江戸戯作の中でも一番格調の高い小説であった。

鈴木俊幸氏は、序末に「葦原駿守中識〔守中〕〔魚躍之印〕」とあることから、作者は吉原仲之町の引手茶屋の亭主であった駿河屋市右衛門であること、また画工についても巻三の挿絵中に「隣松戯画」と見え、これが「鈴木隣松」であることを指摘されている。しかも、吉原を拠点にして出板活動を始めた蔦屋重三郎の比較的早い時期の刊行物で、支援者《パトロン》の一人であった作者の入銀本（自費出版）と覚しき出板物であると見做《みな》されている。[2]

概括としては「遊里を背景とした怪談奇事の数々を収める[3]」もの。内容は「大体吉原に関する奇事異聞を集めたもので、他の書に載つているものがないではないが、中には新話題もある。怪談流行の影響として、幽霊・狐・猫化等が織り込まれてはいるが、却《かえ》って怪談を利用した魂胆《こんたん》などがあり，遊廓だけに興味が多い。即《すなわ》ち振られた客が、狐に化けて女郎に復讐し、借金に苦しんでいる女郎が、幽霊を似せて、強欲な鴇母《やりて》を追《お》っ排《はら》い、あるいは女郎が男装して敵討の助太刀《すけだち》をする等《など》、作り話もあり、また実話と思われるものもある。その他《ほか》、紀文・奈良茂・総角介六《あげまきすけろく》・権八小紫《ごんぱちこむらさき》・玉菊灯篭《とうろう》の事など、人口に膾炙《かいしゃ》して珍らしくはないが、とにかく読本《よみほん》中特種的の作である[4]」。

収められている各話について、主人公と覚しき者を挙げてみると

巻之一　山本屋勝山・三浦屋薄雲・山桐屋音羽・角近江屋千代里
巻之二　大松屋松か枝・三浦屋山路・中万字屋玉菊・紀文・三浦屋小紫
巻之三　山本屋秋篠
巻之四　桐屋怪異・万字屋禿・茗荷屋大岸・三浦屋花鳥・奈良茂・大上総屋常夏・松屋八兵衛
巻之五　女衒《ぜげん》亦七・雁金屋采女・角山口屋香久山・橋本屋紅・総角・巴屋薫

という具合で、遊女だけでなく、大尽《だいじん》[5]（紀文・奈良茂）や遊里関係者（禿《かむろ》・女衒）の話も含まれている。

全体の構成に関して、及川季江氏は「話の配列に関しては、時系列でもなく、内容的な連環をもた

せながら進められているわけでもない。中心となる第三巻に一番長い話をすえ、最終話には作者の創作と思われる話を配している以外は、とくに編集意図が存したわけではないように思われる」としている。(6) しかし、冒頭話と最終話とは、ともに遊女の身の上に関する自己言及的な話で対応させており、作者の編纂意識が存したのではないかとも読める。(7)

※

さて、ここで本書の成立事情について作者自身が言及している序文を見てみよう。(8)

烟花清談之序

世《よ》の中《なか》は山《やま》の奥《おく》こそ栖能《すみよ》けれ。草樹《くさき》は人《ひと》の咎《とが》を云《いわ》ねば▼1と、独灯華《ひとりともしび》の本《もと》に、冬篭《ふゆごもる》も、いと物寂《ものさび》しく、問《と》う人《ひと》もなき雪《ゆき》の下庵《したいお》に、書《かき》ちらしたる、旧章《ほうぐ》▼2を取出《とりいだ》し、青楼《せいろう》▼3中《ちゆう》の、奇事《きじ》、雑談《ざつだん》、所《ところ》〲、紙魚《しみ》▼4の喰残《くいのこ》したるを、綴合《つゞりあわせ》て見《み》れバ、昔《むかし》の人《ひと》の面影《おもかげ》をも、今見《いまみ》るが如《ごと》し。さハ云《い》えども、其《そ》の心《こゝろ》の変行事《かわりゆくこと》、縦《たとえ》バ、浄瑠璃《じようるり》▼5小唄《こうた》▼6も昔《むかし》に変《かわり》、義太夫節《ぎだゆうぶし》▼7にハ、豊後《ぶんご》松伝《しようでん》が節《ふし》▼8を加《くわ》へ、宮古路《みやこぢ》▼9、富本《とみもと》▼10が浄瑠璃《じようるり》に、竹本《たけもと》▼11、豊竹《とよたけ》▼12が、節《ふし》はかせ▼13を付《つけ》たり。去《さ》れバ、義太夫《ぎだゆう》か、豊後《ぶんご》か、唄《うた》か、半太夫《はんたゆう》▼14か、交《まぜ》こぜになりぬ。語《かた》り上手有《しやうずあり》と雖《いえども》、聴下手《きゝへた》多《おゝ》く、今遊里《いまゆうり》に遊人《あそぶひと》も、遊《あそ》び上手有《じようずあり》、聞《きゝ》上手あり。

うつり行世《ゆくよ》の人心《ひとこゝろ》、様《さま》〴〵なる中《なか》に、心変《こゝろかわれ》バ品容《しなかたち》。先近比《まずちかごろ》の七細《なゝほそ》とて、髷先細《はけさきほそく》、眉《まゆ》ほそく、羽織《はおり》の紐《ひも》、帯《おひ》、脇差《わきさし》の細拵《ほそこしらへ》、草履雪踏《ぞうりせつた》の鼻緒《はなお》までも細成行《ほそくなりゆき》ぬ。又《また》、真先《まつさき》▼15、二軒茶屋《けんちやや》▼16の田楽《でんがく》も、物《もの》の足《たる》を歓《よろこん》で、佳肴珍味《かこうちんみ》に変《へん》じて、菜飯祇園豆腐《なめしぎおんとうふ》の古風《こふう》を失《うしな》ひ、いにしの太夫《たゆう》、格子《こうし》ハ▼17、今《いま》の中三《ちうさん》▼18と変《かはり》、散茶《さんちや》、梅茶《うめちや》▼19の古風《こふう》も、付回《つけまわ》シ、惣二《そうに》▼20と変《かは》りて、伊達風流《だてふうりう》をつくすこと、昔《むかし》のおよぶところにあらず。目《め》に倦《あか》ず、聞《きく》にあかず。

されど、こし方《かた》の人《ひと》の心《こゝろ》のなつかしきまゝ、書《かき》つらねて見れバ、巻《まき》ハ五《いつ》ッになん成《なり》ぬ。穴賢《あなかしこ》。竹取空穂《たけとりうつほ》▼21の類《たくい》に非《あらで》、金竜山下《きんりゆうさん》▼22の茶店《ちやてん》に、往来《ゆきゝ》の里語雑談《りござつだん》を聴《きひ》て、書集《かきあつめ》たる旧章《ほうぐ》より、見出《みいつ》るまゝ書《かき》ちらしぬ。宇治物語《うぢものがたり》▼23の古《ふる》めかしきに擬《ぎ》して、今昔《こんじやく》の、二字《にじ》を其《そ》の事《こと》の始《はじめ》に冠《かうむ》らしむ而已《のみ》。

安永五年申孟春

葦原駿守中識

［峙］［魚躍之印］

〔原文注〕

▼1 **世の中は……** 中将姫の詠といわれている。本歌は「なか〱にやまのおくこそすみよけれ　くさきが人のとがをいはねば」。

▼2 **旧章** 昔書いた文章のこと。敢えて、書き損じの紙くずという謂の「反古《ほご》」と振り仮名を付している。

▼3 **青楼** 娼家。遊女屋。妓楼。近世、上方では揚屋や茶屋をさし、江戸では岡場所などに対して、官許の吉原遊廓をさしていう。

▼4 **紙魚** しみ。蠹魚。紙をなめて汚損したり、紙に穴を空けたりする資料にとって有害な昆虫。

▼5 **浄瑠璃** 三味線に合わせて語る語り物。室町時代にできた牛若丸と浄瑠璃姫の物語を語り物にしたことから始まった。後に、三味線と操り人形とを結合して人形浄瑠璃となった。

▼6 **小唄** 邦楽の種目名。演奏時間の短い三味線歌曲。

▼7 **義太夫節** 初代竹本義太夫が始めた浄瑠璃節の一流派（一八六四〜）。太夫が三味線の伴奏で語る語り物音楽。人形浄瑠璃劇では浄瑠璃の語りを担当する。

▼8 **豊後松伝** 豊後節は都一中の弟子宮古路豊後掾が語り出した（一七三一頃〜）。松伝（正伝）節は上方浄瑠璃の一種。宮古路薗八の門弟が春冨士出雲掾と称して語り広めた（一七五一頃〜）。

▼9 **宮古路** 三味線音楽の一流派。宮古路豊後掾の没後（一七四〇）、その弟子たちが分派独立する。江戸では文字太夫が常磐津節を、小文字太夫は富本節を創始し、加賀太夫は富士松薩摩と名のり一派をたてたが、豊後節禁止のあと宮古路姓で舞台に出演しているので、宮古路浄瑠璃という。

▼10 **富本** 浄瑠璃の一流派。宮古路豊後掾の門人文字太夫が常磐津節を創始したとき（一七四七）、ワキを勤めた小文字太夫が独立、富本豊志太夫と改名して一流を樹立したのに始まる（一七四八）。

▼11 **竹本** 竹本義太夫に始まる浄瑠璃（義太夫節）の太夫の家名。

▼12 **豊竹** 義太夫節の太夫の姓の一つ。

▼13 **節はかせ** 音譜。語り物の文章の傍に付け、その節の高低・長短をさし示す符号。はかせ。胡麻点。墨譜。

▼14 **半太夫** 半太夫節。江戸浄瑠璃の一流派。貞享（一六八四〜八）頃、江戸半太夫が創始した。

▼15 **真先** 奥浅草隅田川右岸（三囲神社の対岸）の真先稲荷門前にあった茶屋では、吉原豆腐を使用した菜飯田楽を売って繁盛していた。

▼16 **二軒茶屋** 八坂神社の参道にあった向かい合った二軒の茶屋。「祇園豆腐」と称された木の芽田楽が有名であった。

▼17 **太夫、格子** 太夫は美貌と教養を兼ね備えた最高位の遊女。格子は太夫の次、局《つぼね》の上の位。遊女屋の表通りに面した格子の中に控えていた。

▼18 **中三** 昼三。吉原での遊女の階級のひとつ。昼夜それぞれの揚げ代が三分であったことに由来し、散茶女郎から派生したとされる。宝暦（一七五一～六四）以降は大夫や天神が廃絶したため、最高の位となった。

▼19 **散茶、梅茶** 散茶女郎は揚屋入りせず遊女屋二階で客を取った。太夫・格子女郎の次の階級で、梅茶女郎の上位。安永（一七七二～八一）ごろ、太夫・格子が絶えてからは最上位。のちに、呼出・昼三・付回しに分かれた。安永九年《一七八〇》の洒落本『嘶之画有多』「散茶女郎の事」に「散茶《さんちゃ》といふは寛文十年に始《はじ》まりて今子《ね》の年まで百十年になる。所謂今《いわゆるいま》の昼三なり」とある。

▼20 **付け回し、惣二** 遊女の階級。

▼21 **竹取空穂** 『竹取物語』『宇津保物語』

▼22 **金竜山** 浅草寺《せんそうじ》の山号。また伝法院と号す。

▼23 **宇治物語** 鎌倉時代の説話集『宇治拾遺物語』のこと。各話は「今は昔」と始まる。

さて、ここで書かれているのは、「山奥に配流されてわび住まいをしたという中将姫の身の上を我身になぞらえて、山中の寂しい草庵で書き記した反古を取り出して、遊里の奇事や雑談を読み返していると、昔の人々のことが懐かしくなる。思えば、浄瑠璃の流派も、服飾の流行も、茶屋の名物料理も、遊里での遊女たちの階級を示す呼称も変転し、世の流行が目まぐるしく変化する中で、いにしえの有《あり》様《さま》が懐かしくて昔話を書き連ねた」ということであるが、ただ『竹取物語』や『宇津保物語』のような伝奇物語《フィクション》ではなく、『宇治拾遺物語』に擬して、通行人の話を聞き書きした昔語り《ノンフィクション》としての作意を述べている。

いずれにしても、大田南畝《おおたなんぽ》ら江戸の知識人や、山東京伝、柳亭種彦、式亭三馬らの戯作者たちは、吉原に関する高い関心を示していて、多くの考証随筆を出している。写本で伝わった『異本洞房語《どうぼうご》園《えん》』などは、その基礎的な資料となったもので、長きにわたって大勢による増補加筆を加えながら異本が広く流布していた。

※

長田和也氏は式亭三馬の書入に注目して五十余本の『異本洞房語園（北女閭起原《ほくじょりょきげん》）』に関する精緻な諸本書誌調査をし、現存していない三馬旧蔵の『異本洞房語園』の転写本を詳細に考証しつつ、三馬の自作への利用を跡付けられている。(9)

とりわけ、三馬の合巻『契情畸人伝《けいせいきじんでん》』（柳川重信画、文化十四年《一八一七》、森屋治兵衛板）についての先行研究(10)を踏まえつつ、『異本洞房語園』の校訂本と『烟花清談』の記事を拾い集めた様相を明らかにされ、『烟花清談』に基づいたものとして次の五話を挙げられた。(11)

『契情畸人伝』	『烟花清談』
第一話　山本屋秋篠	巻之三　山本屋秋篠

第二話　茗荷屋大岸　　巻四の三　茗荷屋大岸
第三話　角逢身屋千代里　　巻一の六　角近江屋千代里
第四話　三浦屋花鳥、通路　　巻四の四　三浦屋花鳥、菱屋通路
第十二話　三浦屋総角　　巻五の五　三浦屋総角

『異本洞房語園』と共に『烟花清談』も吉原の旧聞を記した資料として利用されていたことが分かる事例である。

さて、『烟花清談』は作者の側から見れば「多分に趣味的な出板物、自分の息の掛かった身近な駆け出しの本屋と組んだお道楽」、板元の側から見れば「駆け出しの板元蔦重への吉原有力者の支援の一つの形[12]」ということではあるが、具体的には、各話に付した「補説」で触れたい。

※

ところで、本書『烟花清談』が利用した典拠についても、及川氏の研究がある。[13]典拠について簡潔にまとめると次のようになる。

巻之一　山本屋勝山　『近世《きんせい》江《え》都《ど》著聞集《ちょもんしゅう》』巻五「山本勝山が伝」
巻之一　三浦屋薄雲　『近世江都著聞集』「三浦遊女薄雲が伝」

巻之二　大松屋　松か枝　『吉原雑話《よしわらざつわ》』「月見の事」
『当世武野俗談《とうせいぶやぞくだん》』「大口屋治兵衛」
『古今吉原大全《ここんよしわらたいぜん》』「吉原土産付おくり拍子木助六物語」
巻之二　中万字　屋玉菊　『古今吉原大全』
巻之三　山本屋　秋篠　『近代公実厳秘録《きんだいこうじつげんぴろく》』巻九「清水新次郎山本抱への秋篠に馴染を重ねる
事」「清水仇討、遊女秋篠助太刀の事」[14]
巻之四　茗荷屋　大岸　『近世江都著聞集』巻五「茗荷屋奥州が伝」『吉原雑話』「衣服の事」
巻之四　奈良茂　『吉原雑話』（蕎麦の買占め）
巻之五　雁金屋　采女　『煙霞綺談《えんかきだん》』
巻之五　角山口屋　香久山　『古今吉原大全』「吉原土産付おくり拍子木助六物語」

これらを分析した上で、当時は有力な参考書として使われていた『異本洞房語園』（『北州列女伝』）を利用した形跡が見られないこと。また、筆禍で処刑された講談師であった馬場文耕の写本『近世江都著聞集』[15]『当世武野俗談』[16]『近代公実厳秘録』[17]や、『吉原雑話』[18]『煙霞綺談』[19]など、あまり流布していなかった写本類、あるいは洒落本『古今吉原大全』[20]（明和五年刊）などを使用したこと。そして、典拠の単なる引用ではなく、叙情性を持たせて文体を統一した点に特徴があったと結論付けている。

※

ところで、「異本」が付かない詩文集『洞房語園』（大本三冊、元文三年《一七三八》刊カ）(21)の序文で、編者である西田勝富は

……抑《そもそも》語園を作る意趣は、只且《カクバカリ》あやしき北里《きたざと》に住みながら、いにしへを好み、あるは作文に志《こころざし》ありしも、今は故人《こじん》と呼《よば》る、者寡《すくな》からず。其《その》文や其《その》筆や、反古《ほご》に雑《まじ》りて文箱《ふばこ》の中に残りしを、徒《いたずら》に蠹魚《しみ》の餌《え》とせむも本意《ほい》なくて、是《これ》をかき集め、且《かつ》、当時風騒《ふうそう》の同志《トチ》の一句一章あるも、此集に因《ちなみ》あるを掇《ひろ》ひ採《とり》て、一冊となし、号《なづけ》て洞房語園と題《だい》す。是又古《これまたいにしえ》をしたふの志《こころざし》を此里《このさと》に残して後《のち》の人をして古《いにしへ》をしたはしめむとなり。

と、編集意図について「このように卑しい吉原に住んでいながら、詩歌や文章を作り遊ぶような風雅を好む同志も、既に故人となってしまった方が多い。彼等が書き残した詩文を集めて一冊として出版し『洞房語園』と名付けた。昔を慕う風流心を残して、子々孫々に昔を偲ぶための手掛かりとするためである」と述べている。

この刊行目的について、江戸風俗史研究の泰斗である花咲一男氏は「洞房語園集 ノート」(22)にて、「私家集ではなく吉原五丁の詞華集の形で出版した」と、興味深く実に示唆《しさ》的な指摘をされている。

「「あやしき北里」とは、江戸の町屋敷外の地区である吉原」ということで、「吉原住民の生業《なりわい》は、士農工商の商以下の埒外《らちがい》に置かれた人身売買（人あきない）であった」と。さらに、町入能の際に、吉原住民は常に除外されていたことを挙げ、歌舞伎役者が河原者として蔑《さげす》まれたように、江戸時代を通じて吉原者も同様に差別されてきたことを記した後、

物・金を人間社会での至上なるもの、とした吉原の大部分の人々には、悪所として隔離された一廓《いっかく》が、他の江戸八百八丁には見られない高度な生活文化を営んで居ることに満足し、或《あるい》は誇りをさえ持っていたであろうが、そうは考えない「パンだけでは生きていかれない」少数の人々も居《い》た。その少数の人々の代表が西田屋勝富としてもよい。彼と志を同じうする人々は、人倫《じんりん》を外《はず》れた人あきないに安住することが出来《でき》ず、芸文趣味によつて結縁していた。『洞房語園集』の出版は、吉原者が拝金至上主義者ばかりではないことを、内外に向けて訴えたかったものと解釈したい。

吉原五丁町の住民（何人かは町外の者もいるが）の詞華集が、その町の町役人である名主によって編集・刊行されたという事実を重視したい。このような例は、日本はもとより諸外国にもないであろう。

と結んでいる。

※

この花咲氏の解釈を受けて、些《いささ》か贅言《ぜいげん》を付け加えておきたい。

吉原は幕府の公許遊廓であり、岡場所や宿場などで営業していた私娼とは区別されていた。実態的には、遊女を確保するために「年季奉公」という人身売買を公認し、庇護したのである。つまり遊女たちの人権は公儀によって蹂躙され、廓から出られないという身体的な拘束のみならず、性奴隷として管理され搾取された存在であった。しかし、一方では吉原が文化サロンとしても機能していたことから、服飾《ファッション》を含めて江戸文化発信の拠点であったことを肯定的に強調する言説も枚挙に遑《いとま》がない。いわく、「吉原の光と影」という言説である。

現代の倫理道徳観を以て、過去を断罪することは不毛である。しかし、権力による人権侵害を制度化した吉原を、「光と影」といいつつ美化して描くことに、強烈な違和感を禁じ得ない。それは、現在でも「性の商品化」は何一つ変わっていないからである。

そもそも、売春を「買春」と書き換えて表現し始めた一九七〇年代は、「買う者が居るから性が商品価値を持つこと」に対する根源的な懐疑と批判とがあった。つまり、経済的な搾取の構造に搦め捕られた性の商品化に対する批判であった。尤も昨今は、女だけでなく男でも幼児でも、まったく同様に認識され始められているが……。

一九五七年四月一日から施行された「売春禁止法」により吉原遊廓は閉鎖されたが、その後も所謂「風俗店」として存続し、現在でも「売春」は実質的に黙認されている。さらに「売春禁止法」も女性や児童保護の観点から改正が続けられているが、相変わらず「売る」側を規制する法律であり「買う」側に関してはザルである。

一方、欧州連合（EU）で議論が進められているのが、「買春」を犯罪とする一方で、「売春」については非犯罪化するというもの。たとえば、フランスの「買春禁止法」は、基本的な考え方として、買春行為を厳罰化することで売買春および人身取引ネットワーク拡大を支える需要の抑制を通じて、最終的には売買春を廃絶することを目指し、同時に売春を行う側は「非行」ではなく支援されるべき「被害者」とみなしている。

フェミニストの一部が「強制されない売春は職業選択の自由だ」などと主張しているが、如何なものであろうか。現在、無理に背負わされた借金返済のために売春している女たちがいるが、決して自由意志などではない。むしろ、二重三重に性を搾取されている彼女たちをこそ保護し、買う側を処罰するべきであろう。

「吉原」は過去の歴史ではあるが、「吉原」に関する問題意識は、現在の買売春について考えることでもあり、それは文学（研究）でも必須の課題なのである。

〔解題注〕

（1）本解題は、及川季江「解題」（「『烟花清談』—解題と翻刻—」「千葉大学人文社会科学研究」十八、二〇〇九）に負うところが多い。なお、及川氏は諸本調査の結果、従来の解題や辞典類が「二十二編」としているのを「二十三編」であると訂正している。

（2）鈴木俊幸「『青楼奇事烟花清談』の作者」（『読本研究』五、渓水社、一九九一）所収。同「『青楼奇事烟花清談』をめぐって」（『蔦屋重三郎』、若草社、一九九八）所収

（3）中村幸彦「人情本と中本型読本」（『中村幸彦著作集』五、中央公論社、一九八二、所収）。なお、以下の引用に際して表記を常用漢字と現代かな遣いに改変した。

（4）水谷不倒『選択古書解題』（『水谷不倒著作集』五、中央公論社、一九七四、初出は一九二七、所収）。「紀文」＝紀伊国屋文左衛門、「奈良茂」＝奈良屋茂左衛門。

（5）大尽　財産を多く持っている人。遊里で金銭を多く使って豪遊する人。

（6）注1参照。

（7）広坂朋信氏の示唆による。

（8）このような序文は、現代の本でいえば「後書き」に相当するので、本文執筆の後に書くのが普通である。

（9）長田和也「『異本洞房語園』の諸本と式亭三馬」（『江戸中期以降遊里文藝考』第三章、汲古書院、二〇二三）所収。三馬旧蔵といわれる『増補旧本洞房語園』は『珍書刊行会叢書』第一冊（珍書刊行会、一九一五）に翻刻があるが、これを他者の手の加わった「校訂本」と見做《みな》されている。

（10）鈴木重三「近世小説の造本美術とその性格」（『改訂増補絵本と浮世絵』、ぺりかん社、二〇一七、初出は一九七一）所収。本田康雄『三馬の文芸』（笠間書院、一九七三）。棚橋正博『式亭三馬江戸の戯作者』（ぺりかん社、一九九四）。木越俊介「人情本の外濠」（『江戸大坂の出版流通と読本・人情本』、清文堂書店、二〇一三）所収など。尤も、『烟花清談』を読んだことのある者が『契情畸人伝』の挿絵と遊女名を見ただけでも、それと気付くほど露骨な利用をし

ている。

(11)長田和也「『契情畸人伝』の典拠めぐる一考察」（前掲書第三章）所収。なお、他の七話については『異本洞房語園』の「校訂本」に拠るとされている。

(12)注2参照。

(13)及川季江「『青楼奇事烟花清談』の典拠」（『日本文化論叢』十一、千葉大学、二〇一〇）。細かい考証はこの論文を参照のこと。

(14)及川氏の指摘を受けて、三宅宏幸氏が「『怪談雨之燈』素材考」（『同志社国文学』一〇一、二〇二六）で比較分析している。

(15)『近世江都著聞集』　写本。宝暦七《一七五七》序。（『燕石雑志』第五巻、中央公論社、一九八〇）所収

(16)『当世武野俗談』　写本。宝暦六《一七五六》序。（『燕石十種』第四巻、中央公論社、一九七九）所収

(17)『近代公実厳秘録』　写本。宝暦元《一七五一》成。（岡田哲編、叢書江戸文庫12『馬場文耕集』、国書刊行会、一九八七）所収

(18)『吉原雑話』　写本。正徳享保年間成。（蘇武緑郎『吉原風俗資料』、大洋社書店、一九三〇）所収

(19)『煙霞綺談』　板本。安永二《一七七三》刊。（『日本随筆大成』第一期巻四、吉川弘文館、一九七五）所収

(20)『古今吉原大全』　洒落本。明和五《一七六八》年刊。（『洒落本大成』第四巻、中央公論社、一九七九）所収

(21)『洞房語園集』（近世風俗研究会、一九九一）所収

(22)注21参照。

(23)町入能　江戸時代の能の催しの種類の一つで、将軍家の慶事の際に、江戸城の表舞台で行なわれた能の初日に、城下の町人が参観を許される風習があった。

〔凡例〕

本書で用いた諸資料の本文は、現代読者に読みやすくするために、以下の諸点に手を加えた校訂本文を作成した。

一　原文には、句点読点の区別なく「・」が用いられているが、読点「、」と句点「。」に変更した。また、私意により適宜句読点を補い、場合によっては削除した。

一　舊字體や吳躰字は、現行の常用漢字体に直した。ただし当時慣用的であった所謂宛字《あてじ》は残した。

一　会話や心中思惟の部分にはカギ括弧「　」を付し、括弧内に引用等がある場合には小カギ「　」で示した。

一　原文には段落は施されていないが、適当な箇所で段落に区切った。

一　韻文等の引用については、改行して二字下げで示した。

一　現在の発音に則して、適宜清濁には手を加えた。

一　平仮名表記で読み難いと思われる箇所には漢字を宛て、原表記を振り仮名に残した。

一　読み難い漢字には私意により振仮名を振った。

一　原文の仮名遣いは「読めれば良い」という近世期の普遍的認識に拠って表記されているが、読み易さを考慮して、私意により仮名遣いを変更した部分がある。

一　漢文の部分は原文に則し、書き下しは振仮名に残した。

一　読解の上、難解だと思われる語句については、適宜注を付した。

一　原本の挿絵は国立国会図書館本に拠る。なお、画像データとしてＤＶＤ復刻シリーズ「国立国会図書

館所蔵読本集 保存版」第七巻（フジミ書房）がある。

〈付記〉本書で用いた校訂本文の作成に際して素稿として用いた本文は「『烟花清談』―解題と翻刻―」（「千葉大学人文社会科学研究」巻十八号 二〇〇九・三）である。この素稿の飜刻は高木吏佳氏（千葉大学文学部卒業生）が入力したデータを、高木元が原本に則して補訂し、さらに及川季江氏（大学院博士後期課程修了生）の校閲を経て成ったものである。

山本屋《や》勝《かつ》山 感レ身放レ鳥《みをかんじてとりをはなす》事

今は昔《むかし》、京町[1]二丁目山本屋《や》[2]が許《もと》に、勝山《かつ》[3]と云《いひ》つる遊女有《ゆふじよあり》けり。嬋娟《せんけん》[4]たる両《ふたつ》の鬢《びん》ハ、秋《あき》の蝉翼《せみつばさ》をしぼめ、宛転《ゑんてん》[5]たる黛《まゆずみ》の色《いろ》ハ、遠山《とをやま》の霞《かすみ》を帯《おび》たるに似《に》たり。姿容《すがたかたち》の美《うつく》しき而已《のみ》に非《あらず》、心だて又類《たぐひ》なし。自髪《みづからかみ》の風《ふう》を結出《ゆひいだ》して、一廓《いつくわく》[6]是《これ》がために容《かたち》を奪《うばはる》る。今世《よ》に云処《いふところ》の、勝《かつ》山風是《ふうこれ》[7]なり。

一《ひと》とせ[8]、此勝《このかつ》山が許《もと》に、去貴公子《さるきかうし》の通《かよ》ひ給ひしが、遅〻《ちゝ》たる春の日も長《なが》しとせず、皓〻《かう〳〵》[9]たる秋《あき》の長《なが》き夜《よ》も、是《これ》がため為《ため》に短《みじかし》とす。

或日《あるひ》、勝《かつ》山が方へ「長崎《ながさき》より来《きたり》し」とて、白頭翁《しまひよどり》[10]を贈《おく》られける。其鳥籠《そのとりかご》の結構《けつかう》、云斗《いふばかり》なし。螺佃沈金《らでんちんきん》[11]の細工《さいく》を尽《つく》し、金銀《きんぎん》の限《かぎ》り、いと目覚《めさま》し。真紅《しんく》の打緒《うちを》に籠《かご》を結《むす》び、堆朱《ついしゅ》[12]の台《だい》に乗《の》せたり。其比《そのころ》ハ、白頭翁《しまひよどり》の日本へ渡《わたる》る事珍《めづら》しき時節《じせつ》なれバ、家内《かない》の人は扨《さて》おき、聞及《きゝおよび》し人ハ、「珍《めづら》しき見物《みもの》」とて打寄《うちより》て詠《ながめ》ける。鳥類《てうるひ》さへ、斯《かゝ》る美《うつく》しき籠《かご》の内《うち》に居《ゐる》事、「冥加《めうが》に叶《かなひ》し鳥《とり》なり」と、或《あるひ》ハ籠《かご》を誉《ほめ》、鳥《とり》を羨《うらやむ》も多《おほ》し。

勝《かつ》山つく〴〵と鳥《とり》を見《み》て居《ゐ》たりしが、「公界《くがい》する身《み》[13]の容《かたち》を飾《かざ》りて多《おゝく》の人に持《も》て囃《はや》さるゝも、此鳥《このとり》に異《こと》なる事なし。其身《そのみ》かく美《うつく》しき籠《かご》の内《うち》に有《あり》といへども、さぞや元《もと》の林《はやし》に遊《あそば》ん事を思ふらん」とて、自篭《みづからかご》を開《ひらき》、惜《お》し気《げ》なく是《これ》を放《はな》しぬ。

開レ戸放二白鷴一《こをひらきはつかんをはなす》▼14

と賦《ふ》せし唐人《もろこし》の心にも似《に》て、いと尊《とふと》く侍《はべ》る。

（巻一の一）

〔原文注〕

▼1 **京町《きょうまち》** 江戸の、元吉原および新吉原にあった五町の一つ。京都出身の揚屋が多いため呼ばれた。

▼2 **山本屋** 遊女（娼妓、女郎）を抱えて客を遊興させるのを業とする家の名。遊女屋（女郎屋、娼家、妓楼、青楼とも）

▼3 **勝山** 遊女の名。同名の遊女は数人いたが、中でも江戸吉原新町、山本芳潤抱えの勝山が最も有名。初め神田の紀伊国屋風呂の湯女《ゆな》（風呂屋の接客婦）であったが、承応二年《一六五三》吉原に移り、山本芳潤の抱えの太夫となった。だてな異風を好み、丹前風《たんぜんふう》、勝山髷《かつやままげ》、外八文字《そとはちもんじ》などを流行させた。また、小歌、三味線にもすぐれていた。

▼4 **嬋娟** 顔や姿のあでやかで美しいさま。

▼5 **宛転たる** 眉がゆるく弧をえがいているさま。美人の眉の形容。

▼6 **一廓** 一つの囲いの中の地域。此処では堀によって劃された吉原遊廓のこと。

▼7 **勝山風** 遊女勝山が結い始めた髪形。頭上後ろから白元結《しろもとゆい》で結んだ髪を、先を細めにし前向へ輪のように大きく丸く曲げて、笄《こうがい》を横にさす。時代により多少の変化があるが、のちには丸髷《まるまげ》の大形のものも称するようになった。勝山風。勝山結び。勝山。

▼8 **一年《ひととせ》** ある年。以前。

▼9 **皓々たる** （月影が）白く明るく光り輝くさま。

▼10 **白頭翁** 椋鳥《むくどり》または鵯《ひよどり》の異名。

▼11 **螺佃沈金** 漆工芸・木工芸の加飾法。螺鈿は貝殻を模様に切って、器物に嵌め込むか、貼り付ける技法。沈金は漆を塗った面に絵や模様を彫《ほ》りつけ、その刻み目に金粉を埋めこむもの。

▼12 **堆朱** 漆工芸の一技法。一般に朱漆を何層にも塗って模様を彫り表わしたものと解され、中国の剔紅《てきこう》の和名。

▼13 **公界する身** 公界は苦界とも表記し遊廓のこと。此処では遊女のこと。

▼14 **開戸放白鷳** 『連集良材』（寛永八）に「〇五柳先生元有山。偶然作客落人間。秋来見月帰思多。自起開籠放白鷳。／此詩ノ心也。五柳先生ハ陶淵明也。モト山ニアリシガ賓客ニ成テ人間ニ出ル也。秋ニナレバ月ヲミテ山ニ帰タキ心アル也。我ガ心ヲ以テ籠ノ中ノ鳥ノ心ヲ察シテ、「サゾ山ニ帰リタク思ラン」トテ、籠ヲ開テ、ハナツト云詩也」と見えている。

大意

今となっては昔のことだが、吉原京町二丁目にある山本屋に勝山という遊女がいた。容姿の美しさのみならず、その心ばえも素晴らしかった。その上、勝山風と呼ばれた髪の結い方をあみ出して一世を風靡《ふうび》した。この勝山の馴染みの客が、ある日、「長崎より来た」といって、当時日本には珍しかったムクドリを、贅《ぜい》を尽くした豪華な鳥籠に入れて持って来た。家内の人々は珍しがって、「鳥なのに美しい籠のなかで過ごせて幸せだよね」と羨《うらや》んだ。勝山は鳥を見て、「遊女も鳥と同じ。美しい籠の中に閉じ込められて可哀想です。きっと自然の中で暮らしたいはずよね」と、籠の戸を開いて、鳥を解き放った。かつて、中国の詩人である陶淵明が「戸を開き白鷳を放つ」と詠んだ漢詩のように、実

図版 1-1　〈挿絵第一図〉

に感動的なことではあった。

補説

山本屋の勝山は実在の遊女であり、「勝山風」と呼ばれた新しい結髪《ヘアスタイル》を始めて流行させたとの逸話が多くの文献に残されている。本話の原拠《もと》になった話は『近世江戸著聞集』巻五「山本勝山が伝」である。[1]

……其比《そのころ》、官庁の奉行《ぶぎょう》に甲斐《かい》庄何某《なにがし》といふ人、此《この》勝山に馴初《なれそめ》て、多く金銀を費《ついや》し、綾羅《きら》の山を築《きず》き、金銀の階《きざはし》をかざる。其《その》みぎりは、朝鮮国の島《しま》ひよ鳥《どり》、甚《はなは》だ払底《ふってい》なりし名鳥を一羽、金の横わたし、銀の細ひごにて結構《けっこう》にこしらへたる鳥篭《とりかご》の中へ入れて「是《これ》は珍《めず》ら敷《しき》鳥にて、大名《だいみょう》、高家《こうけ》の手にも入る事難《かた》し。子細《しさい》ありて奉行の勢《いきお》ひにまかせ得《え》たるが、其方《そのほう》へ遣《つかわ》す」とて、甲斐庄　某《なにがし》より給りけり。勝山これを忝《かたじけな》くおもひ、悦《よろこ》びて家内《かない》の人々にとくと見せて、其後《そののち》に我《わが》座敷へ持来り、鳥に向《むか》ひ申《もうし》けるは

ひよ鳥ヨ〳〵。「汝《なんじ》はかくのごとき金銀の篭《かご》に入て、人人の寵愛不《ちょうあいあさからず》レ浅、天晴仕合《あっぱれしあわせ》もの也《なり》。果《か》報《ほう》めでたし」など、いふ人あれども、我《われ》ひとり汝《なんじ》が心をしり、此《この》勝山が身をつみて、げにもあはれを知るぞかし。廓《くるわ》に年をおくる身は、篭中《こちゅう》の鳥のごとく、身綾羅《みりょうら》をまとひ、よろづにきらを尽《つく》すとも、憂川竹《うきかわたけ》のとらはれ同前《どうぜん》にして、かれも王昭君《おうしょうくん》がごとくに胡国《ここく》の質《しち》となり、七珍《しっちん》万宝《まんぽう》くらからずとも、心に任《まか》せぬ住居《すまい》なれば、たとへ花の都も、其《その》身には鬼界《きかい》ケ島《がしま》とも思ふべし。我身《わがみ》を篭《かご》の鳥《とり》にくらべて、此鳥《このとり》も金銀の篭何《なに》とて嬉《うれ》しかるべき。汝《なんじ》が心を察《さっ》せり。さぞや大ぞらの恋しかるらん。我《わ》がふるさとのゆかしきに思くらべて。

とて、篭《かご》の内《うち》より彼鳥《かのとり》を取出《とりいだ》し、はるかの空へ逃《にが》しやりし心《こころ》の内《うち》、情有《なさけあ》りて、いか計《ばか》りか清《きよ》し。「兼好《けんこう》のつれ〴〵草に誉《ほめ》たりし許由《きょゆ》といふ者のなりひさご捨《すて》しも、今《いま》勝山がいきかたにはしかじ」と、「兼好現在《げんざい》ならば称美《しょうび》あるべきに」と称歎《しょうたん》して書記《かきしる》す。

比べてみると、大筋は変えていないが、表現をきわめて簡潔に縮め、故事の引用を省き、最後の「許

由が瓢箪《なりひさご》を捨てた」（『徒然草』十八段）という故事も切り捨てて、新たな漢詩を添えるという改編が施されていることが分かる。

ただ、この話が巻一の冒頭に位置していることには意味があると思われる。短編集の構想時に、最初と最後の話の内容を呼応させるのは、一冊の本の編纂する意識としては、常套的な発想だからである。ちなみに、末尾の話は、珍しい金魚を貰った時「皆に見られて疲れただろう」と、水から出して休ませたという話である。一般に、手練手管に長けているのが遊女だと考えられている中で、きわめて素朴ではあるものの、一般的に考えれば非常識ではある。鳥を篭から解放しても外界には天敵が多く、食物の確保も容易ではなく、生き長らえることは困難である。また、金魚も水から出せば呼吸が出来ずに、生きて行けない。

幼い時から廓で育てられた故、常識の欠如した遊女の実相を書き表した話として、あるいは彼女たちが身の上を愛玩すべき鳥や金魚に重ね合わせた話として読むことができるだろう。

〈補説注〉

（1）「解題」二七頁注13参照。

三浦屋《や》薄雲《うすくも》愛レ猫《ねこヲあいし》災《わざはひ》を遁《のがれ》し事付タリ其角発句《きかくほつく》

今は昔《むかし》、元禄《げんろく》▼1の始《はじめ》、京町一丁目三浦屋《や》▼2に薄雲《うすくも》といへる遊女あり。沈魚落雁《ちんぎよらくがん》▼3の姿《すがた》美《うつく》しく、楊梅桃李《やうばいとうり》▼4の俤《おもかげ》嫋《たを》やかにして、百《もゝ》の媚《こび》▼5云《い》はん方《かた》なし。往古《いにしえ》の衣通姫《そとをりひめ》▼6小町《こまち》▼7とも云《いひ》つべき面影《をもかげ》にして、糸竹《いとたけ》の業《わざ》▼8ハ更《さら》なり、和歌俳偕《わかはいかい》▼9の道《みち》も工《たくみ》にして、情《なさけ》の道《みち》▼10又云《い》はん方《かた》なし。然《しか》るに此薄雲《このうすくも》、猫《ねこ》を愛《あいし》ける事、いにしへの女三宮《によさんみや》▼11にも越《こ》えたり。常《つね》に毛《け》なみ美《うつく》しき猫《ねこ》に、唐《から》紅の首綱《くびつな》を付《つけ》て、禿《かぶろ》▼12に抱《いだ》かせ、揚屋《あげや》▼13に到《いた》れり。薄雲用足《うすくもようた》し▼14に行《ゆく》ときハ必《かなら》ず此猫後《このねこあと》を慕《した》ふ。後《のち》には人ゝ不思議《ふしぎ》をたて、「此猫薄雲《このねこうすくも》を見入《い》れし」▼15と誰云《たれいふ》としもなく私語合《さゝやきあひ》けり。後《のち》ハ三浦の亭主《ていしゆ》も是《これ》を聞《きゝ》、「公界《くかい》する身《み》▼16に、かゝる浮名《うきな》▼17たちてハ、能《よ》からぬ事」と彼猫《かのねこ》を縛《いまし》め置《おき》けり。折《おり》ふし薄雲厠《うすくもかはや》へおもむきける、後影《うしろかけ》を見るより、此猫背《このねこせ》を立《たて》、歯《は》をむき出して気色《けしき》を変《か》へ、▼18忽綱《たちまちつな》を噛切《かみきり》、料理場《りやうりば》を一走《ひとはしり》に、飛《とび》おりて行所《ゆくところ》を、料理人《りやうりにん》、庖丁《ほうてう》を持居《もちゐ》けるまゝ一打《ひとうち》に切《きり》けるが、あやまたず、▼19猫《ねこ》の首《くひ》、水《みづ》もたまらず▼20打落《うちおと》して、骸《むくろ》ハ俎板《まないた》のもとに残《のこ》れども、頭《かしら》ハ、何処行《いづちゆき》けん見えずなりぬ。

然《しか》るに、薄雲《うすくも》が居《ゐ》たりし厠《かはや》、物騒《ものさはが》しき音《おと》しければ、薄雲《うすくも》ハ、此音《このおと》に驚《おどろ》き走《はし》り出《いで》「しか〳〵」と云《いひ》ける侭《まゝ》、男《をとこ》ども立寄《たちより》て、厠《かはや》の踏板《ふみいた》を引放《ひきはなし》見ればバ大成蛇《おほきなるくちなは》の頭《かしら》に、彼猫《かのねこ》の首《かしら》ハ喰付《くひつき》て有ける。「何時《いつ》の比よりか、此蛇《このへび》、雪隠《せつゐん》▼21の下《した》に隠《かく》れ、薄雲を見入《い》れしを、猫《ねこ》のみ知《しり》て、厠《かはや》へ供《とも》に行《ゆき》、薄雲が身を守護《しゆご》なしけるとも知《し》らずして、猫《ねこ》を殺《ころ》しけるハいと不便《ふびん》なり」▼22とて、猫の、亡骸《なきがら》ハ、菩提所《ぼたいしよ》へ葬《ほうむり》遣《つかは》しける。

其比《そのころ》、揚屋《あけや》へ到《いた》る太夫《たゆう》▼23格子《かうし》▼24。みな〱猫を禿《かぶろ》に抱《いだか》せて道中▼25なしけるとなん。

京町《きやうまち》の猫《ねこ》かよひけり揚屋町《あげやまち》　宝晋斎其角▼26

と云《いへ》る句《く》▼27も。此心《このこゝろ》▼28なるべし。

（巻一の二）

〔原文注〕

▼1 **元禄**　江戸時代前期。一六八八～一七〇四年。上方文化が花開いた時代。

▼2 **三浦屋**　三浦屋四郎左衛門。二代目の総名主を務めていた実力者で「大三浦屋」と呼ばれていた。

▼3 **沈魚落雁**　絶世の美女の形容。泳いでいる魚が沈み、飛んでいる雁が落ちるほど美しい。

▼4 **楊梅桃李**　華やかなことをたとえる。楊《やなぎ》、梅《うめ》、桃《もも》、李《すもも》の梢の様子。

▼5 **百の媚**　美人の形容。にっこり笑うと溢《あふ》れるばかりの艶《なま》めかしさがある。

▼6 **衣通姫**　その美しさが衣を通して輝いたことから、衣通姫と称された。『日本書紀』によれば、允恭《いんぎやう》七年に新室の宴で皇后がみずから舞い、当時の風習に従い妹の弟姫を献じたという。『古事記』では、允恭天皇と忍坂大中姫の間に生まれた兄木梨軽太子と相姦した同母妹の軽大娘女を衣通郎女としている。

▼7 **小町**　小野小町のこと。経歴は不明なことが多いが、美貌の歌人として広く知られ、業平と好一対をなす女性として、多くの説話が語られ、さまざまな伝説が生まれた。

▼8 **糸竹の業** 糸は琴や三味線、竹は笛などの楽器を指す。業はその演奏術や遊芸の道。

▼9 **和歌俳諧** 和歌は伝統的な雅文学であったが、俳諧は江戸期に連歌から独立したもので、連句、発句、俳文の総称。いずれも、知識人（と相方となる高級遊女）としては、基本的に身につけておくべき素養であった。なお、一般に発句を「俳句」と呼ぶようになったのは近代になってから正岡子規が広めたもの。

▼10 **情けの道** 人としての普遍的な感情を良く理解している。特に色恋沙汰に関する手練や手管。

▼11 **女三宮** 『源氏物語』に登場する女。朱雀院の第三皇女で光源氏の妻となる。愛猫が御簾を開いたことで柏木が垣間見する。その後、密通し男児（薫）を生むことになる。

▼12 **禿** 遊女に使われる少女。太夫など上位の遊女に仕えて、その見習いをする六〜一四歳ぐらいまでの少女。

▼13 **揚屋** 遊女を揚げて遊ぶ家。高級遊女は、これを揚屋に呼んで遊んだ。客の望みの遊女が決まると、揚屋の主人は、その遊女のいる置屋とも呼ばれた遊女屋の主人に宛てて、「身分たしかな客だから何太夫殿を雇いたい」という「揚屋差紙」を発行してこれを迎えた。この時、太夫が置屋から揚屋へ行くのを揚屋入り、その途中を太夫道中とも花魁《おいらん》道中ともいった。

▼14 **用足し** 便所へ行って排泄すること。

▼15 **見入れ** 「魅入れ」とも。憑り付くこと。『今昔物語』二九・三九に「大なる蛇の頭を少し引入て、此の女を守て有ければ、然は此の蛇の女の尿《ゆばり》しける前（性器）を見て愛欲を発《おこ》して蕩《とらかし》たれば……」とある。

▼16 **公界する身** 客勤めする遊女。「苦界」とも。

▼17 **浮名** 当人にとって嫌な評判。立てられたくない噂《うわさ》。

▼18 **気色を変え** 怒りや不快などの強い感情をおもてに表わすこと。

▼19 **あやまたず** ねらったとおり正確に。

▼20 **水もたまらず** 刀剣で、あざやかに切るさま。

▼21 **雪隱** 便所。厠《かわや》、雪隠《せっちん》と呼ばれた。

▼22 **不便なり** 不憫なり。

▼23 **太夫** 官許の遊女のうち最高位の呼称。京の島原、大坂の新町、江戸の吉原などでいった。松の位。

▼24 **格子** 格子女郎。太夫に次ぐ位の遊女。遊女屋の表通りに面した格子の中に控えていた。

▼25 **道中** 江戸の吉原や京都の島原などの遊里で、遊女が廓内を盛装して供をつれてする行列。揚屋入りや引手茶屋へ客を迎えに行くおり、または、突き出し披露や、その他特定の日などに行なわれた。

▼26 **其角《きかく》** 江戸前期の俳人。別号は晋子、宝晋斎など。姓は母方の榎本を称し、のち宝井と改めた。芭蕉門の高弟。蕉風の樹立、展開に寄与した。芭蕉没後、軽妙で洒落た俳諧の一派、江戸座を生んだ。自撰の発句集『五元《ごげん》集』、門人等が『五元集拾遺』を延享二年《一七四五》に出す。

▼27 **京町の猫かよひけり揚屋町** 旨原編『五元集拾遺』春、に見える。

▼28 **心** この流行に触発されて詠んだ句。

大意

今となっては昔のことだが、元禄の初めの頃、京町一丁目の三浦屋に薄雲という遊女がいた。大変な美人で妖艶であるだけでなく、音楽や文学の素養にも富み、男女の情けについても精通していた。この薄雲は美しい猫を愛玩していて、何処へでも連れて歩いていた。厠へ行くときにも、必ず猫が後を付いて行くありさまで、人々は「猫が薄雲に取り憑いている」と噂しあっていた。三浦屋の亭主は、「変な噂が立っては薄雲の人気に差し障る」と、その猫を紐で繋いでおくことにした。ある日、薄雲の厠へ行く姿を見た猫が、怒った様子で綱を噛み切り、台所を走り抜けようとした時、料理人に庖丁で切り付けられた。猫の胴体は残ったが、頭は何処かへ消えてしまった。すると、薄雲が行った厠か

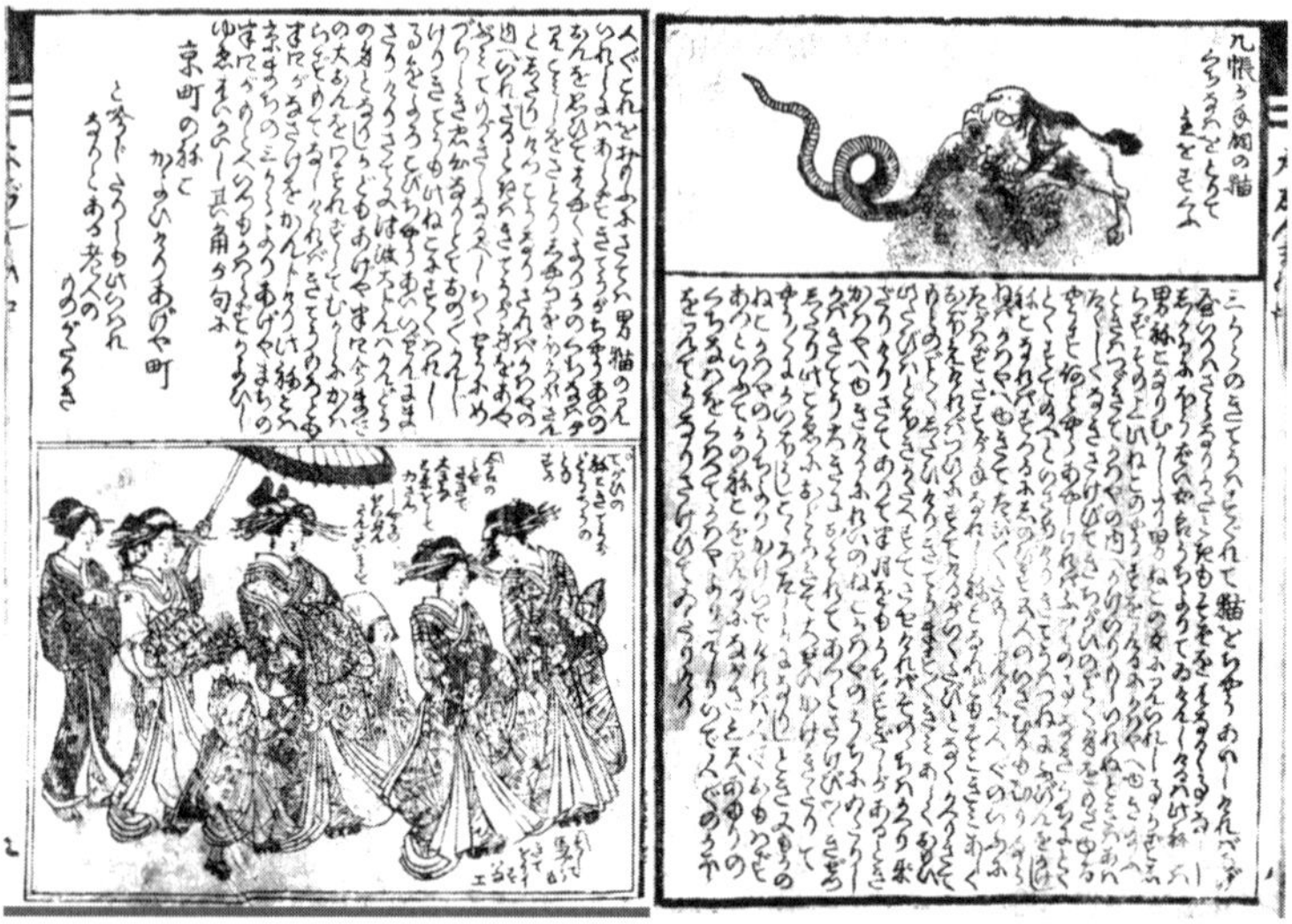

図版 1-2　『大尽舞廓始』中巻挿絵
（国立国会図書館デジタルコレクション https://dl.ndl.go.jp/pid/2554659）

ら騒がしい音がしたので、驚いて厠へ駆け付け踏板を開けてみると、大きな蛇の頭に、例の猫の頭が喰い付いていた。この蛇が厠の下に隠れていて薄雲を狙っていたことを知った猫は、ともに厠へ行き薄雲を護っていたのであった。そのことに気付かずに殺してしまったのは、大変に不憫であったと、猫を手厚く葬った。

当時、遊女たちが禿に猫を抱かせて揚屋への道中をすることが流行した。其角の「京町の猫かよひけり揚屋町」という句は、この様子を詠んだものであろう。

補説

三浦屋の薄雲が「大の猫好きで道中には猫を禿《かむろ》に抱かせて歩いたが、大蛇に狙われていたのをその愛猫が助けた」という逸話は広く知られていたものと思われるが、この話も『近世江都著聞集』巻五「三浦遊女薄雲が伝」に見えている。其角の句「京町の猫通ひけり揚屋町」と、当時揚屋通いの遊女が禿に猫を抱かせたという流行の起原譚としての語り口も同様である。ただし、この話でも大幅に簡略にしているにも関わらず、典拠には見られない和漢の故事に基づく修辞を付け加えている。

一方、近世文学には、この薄雲と猫の話を取り込んだものが多数見受けられ、一般的に知られた話であった。

まず、式亭三馬の中本型読本『大尽舞廓始《だいじんまいくるわのはじまり》』（別名『昔唄花街始《むかしうたくるわのはじまり》』）（三巻三冊、文化六年、鶴屋金助板）(1)は、「大尽舞」(2)の一節「そも〳〵御客《おきやく》の始《はじ》まりハ高麗唐土《こまもろこし》ハ存《ぞん》ぜねど。今日本《にっぽん》に隠《かく》れなき。津《つ》の国汶三にとゞめたり。緞子《どんす》大尽張《じんはり》合《あ》ひに三浦《うら》の几帳《きちやう》を身請《うけ》する。緞子《どんす》三本紅絹《もみ》五疋わたの代まで相そへて。揚屋《あげや》半四におくらるゝ。二枚五両の小脇差《わきざし》。今に半四が宝物《たからもの》」を踏まえて構想されたものであるが、吉原に関わる様々の伝承などを取り混ぜていて、本話も中巻に挿話的に取り込まれている。ただし、「薄雲」ではなく「几帳」という遊女のことに改変されているが、図版1・2の右上挿絵の詞書きに「几帳が手飼の猫、蛇《くちなは》を捕《と》りて主を救《すく》ふ」、左下挿絵には「〇手飼《てがひ》の猫几帳《ねこきてう》が道中《どうちう》の供《とも》する」と見えており、ご丁寧に末尾には其角の句の部分まで記されていて、明らかに『烟花清談』のテキストを利用したことがわかる。

図版 1-3　『大尽舞廓始』挿絵

図版 1-4　葛飾北斎「吉原楼中図」五枚続き、伊勢屋利兵衛版

（国立国会図書館デジタルコレクション https://dl.ndl.go.jp/pid/2554659）

（神戸市立博物館蔵 / 作品番号 : KCM00075/Photo : Kobe City Museum /DNPartcom）

他にも、山東京伝の合巻『焦尾琴《しやうびきんの》調子伝《しらべにつたふ》薄雲猫旧話《うすぐもがねこのふること》』（前後二編各三巻三冊、豊国画、文化九年、岩戸屋喜三郎板）や、孤郭亭主人の読本『薄雲伝奇廓物語《うすぐもでんきくるわものがたり》』（五巻五冊、墨僊画、文政二年、松屋善兵衛板）にも挿話的に利用されている。さらに、『吉原大鑑』初編巻下（豊芥子撰、天保五序）では「太夫 薄雲の伝」の後半で、出典を明記せずに引用されている。

なお、『大尽舞廓始《だいじんまいくるわのはじまり》』には、本話とは別の箇所の挿絵ではあるが、三浦屋を描いた二丁続きの挿絵「大礒《いそ》(3)三浦屋内部《ないしょ》より見世の方を見る朝四ッ過《す》ぎの図二枚続《つゞ》き」が付されているので紹介しておく。図版1-3。

この挿絵は左端に内証（帳場）が描かれているが、図版1-4、北斎画の錦絵「吉原妓楼扇屋の図」（五枚続き、改印［極］［森治］＝文化八年五月改、伊勢屋利兵衛板）の構図（とりわけ右側の四枚）に酷似している。なお、この図版は『吉原圖會』（尾崎久弥、昭和六年、竹酔書房）の口絵一―三では「青楼昼の賑ひ（北斎画）」として紹介されている。

〔補説注〕

（1）大尽舞廓始　草双紙に近接した様式を持つ「ひらがな読本」で、従来の書目や辞書類では「合巻」に分類されている。跋文では「読本《よみほん》ハ上菓子《じやうくわし》にて草雙紙《くさざうし》は駄菓子《だくわし》也。されど這草紙《このさうし》ハ……讀本《よみほん》と草雙紙《くさざうし》の其樋間《そのひあわい》の国字小説《ひらがなよみほん》」と記すように、三馬の考えた新機軸であった。また、同年鶴金刊の広告には「紀伊国文左《きのくにぶんざ》三浦の几帳《みうらのきちやう》大盡舞花街仇討《だいじんまいくるわのあだうち》」とあり、見返には「緞子三本《どんすさんぼん》紅絹五疋《もみごひき》昔唄花街始《むかしうたくるわのはじまり》」と見えていて、題名や角書の相違は却て本作の中身を良く表現している。

（2）大尽舞　江戸時代中期から後期にかけ、江戸の吉原で流行した一種の囃子舞《はやしまい》。幇間《ほうかん》が行なった。享保期の歌舞伎の道外方《どうけがた》中村吉兵衛（二朱判吉兵衛）が創始したという。山東京伝の『大尽舞考証』（『山東京伝全集』別巻、補注㉘、二〇二四、ぺりかん社）には、全部で二十五段の歌謡があったとしてある。吉原の風俗を囃子舞のように詠みこんでいくもので、五町のはじまり、太夫のはじまり、お客のはじまり、などとつづき、奈良茂や紀文の大尽ぶりを詠みこんだ唱歌もある。

（3）大磯三浦屋……　吉原を舞台とした話は、当局の禁忌に触れることを避けるために、「吉原」ではなく、「大磯（現在の神奈川県）」遊廓に仮託して描かれることが多かった。「内部」は遊女屋の主人の部屋や帳場のこと。「見世」は「店」。「朝四ツ」は午前十時ころ。

山桐屋《きりや》音羽《おとは》野狐《きつね》に欲レ魅《ばかされんとする》事　付リ　狐《きつね》女郎買《かい》狂言《きやうけん》の権輿《はじめ》

今ハ昔《むかし》享保▼1の比《ころ》、江戸町二丁目▼2に山桐屋《やまきりや》に、音羽《おとは》▼3といへる遊女有《あり》ける。比《ころ》しも五月雨《さみだれ》の降荒《ふりすさ》みて、杜鵑《ほとゝぎす》の声《こへ》おぼつかなく、田毎《たごと》の蛙騒《かはづかしま》ゝしき折から、店《みせ》より、音羽《おとは》を見立て、揚《あげ》る客あり。若い者▼4ハ迷《まよひ》。▼5煙草盆《たばこぼん》、▼6吸物《すひもの》▼7など出し、取囃《とりはや》すうち、連来《つれきた》りし茶屋《や》▼8の男《おとこ》、「彼客《あなた》にハ、とかく物云事《ものいふこと》の御嫌《をきら》ひなる故、万事《ばんじ》、其《その》心〳〵にて取扱給《あつかひたま》はれ」と云《いふ》に、客回《まは》し▼9の若い者も差心得《さしへ》、女郎へも「しか〴〵」と咄《はなし》、盃《さかづき》も数重《かづかさ》なりける折に、客、茶屋《や》の男に「はや帰《かへ》れ」と言《い》へども。初《はじめ》ての客ゆへ、彼是《かれこれ》と座敷賑《ざしきにぎ》はしに、咄《はな》し▼10など一ッ二ッするうち、客ハ、「とかく帰れ」と達《たつ》▼[11]て云《いふ》ゆへ、跡《あと》を頼《たの》みて帰《かへ》りける。

ほどなく膳《ぜん》▼[12]など出《いで》。女郎ハ次へ立《た》ち、▼[13]若い者禿《かぶろ》ハ、「御膳を上リ候へ」といへバ、「用《よふ》あらバ手を叩《たゝく》べし。支度《したく》▼[14]の内ハ、座敷に無用」と云《いひ》けるまゝ、▼[15]若い者も合点《がてん》ゆかず、たゞ〳〵とするうち、「達而《たつて》、今の内、用事《ようじ》を弁《べんず》べし▼[16]」と云つけ、「此方用事あらバ手を叩《たゝく》べきまゝ、支度《したく》の内ハ。捨置呉《すておきくれ》よ」との頼《たのみ》ゆへ、若い者も立振《たつふり》して次《つぎ》の座敷《ざしき》より、密《ひそか》に覗《のぞき》見るに、客ハあたりを見回《まは》し、膳《ぜん》の上にある物皆《みな》おろし、膳の上へ飯《めし》をあげ、其上に刺《さし》身《み》汁《しる》 鱠《なます》等《とう》を打《うち》あげて、箸《はし》にて掻回《かきまは》し、あたりを見る体《てい》。「いよ〳〵怪《あや》し」と見るうちに、客ハ顔《かほ》を膳《善》の中へ入《いれ》、狗猫《いぬねこ》などの物喰如《くふごと》く、一口喰《くひ》てハあたりを、見回し〳〵する体《てい》 気味《み》あしく、斯《かく》する内、不残《のこらず》喰尽《つく》して後《のち》、鼻紙《はながみ》を取出《いだ》し膳を拭《ふき》、我顔《わがかほ》のよごれを拭《ぬぐひ》たる有様《さま》、恐《おそ》ろしとも云《い》はん方なし。

扨《さて》しばらく過《すぎ》て、手を叩《たゝ》けバ、誰《たれ》「行《ゆか》ん」と云《いふ》者もなし。今は是非《ぜひ》なく親方《おやかた》▼[17]へ咄《はな》し、今まで連来《つれきた》りし茶屋《や》へ、人を走らせ、音羽《をとは》へも「しか〳〵」と様子話《ようすはな》し、斯《かく》するうち、茶屋《や》の男《をとこ》も来《きた》りけれバ、音羽《をとは》かたへ、「拠《よん》所なき客▼[18]来《きた》れり」とて、「貰《もら》はん▼[19]」と云《いふ》。茶屋《や》も詮方《せんかた》なく、客へ右の段《だん》 断《ことはり》いへバ、「然《しか》らバ名代《めうだい》▼[20]にて今宵《こよひ》ハ遊《あそば》ん」と云《いふ》。茶屋《や》ハ何《なん》の訳《わけ》しらぬ故、「名代を出せ」と若い者に言《いふ》に、「とかく右《みぎ》の客、帰《かへ》し呉候様《くれさふらふやう》に」と、達《たつ》て頼《たのみ》ゆへ、茶屋《や》の男も腹《はら》を立《たち》、「いかゞの訳」と問《と》へバ、若い者ハ恐《こは》ゞ、右のあらまし語聞《かたりきか》せけるに、茶屋《や》も胆《きも》をけし、▼21漸《よ》ふ〳〵と云葉《ことば》を尽《つくし》て客ハ帰《かへ》しけり。是《これ》よりして其比《そのころ》、「音羽が方へ。狐《きつね》の女郎買《かい》に来《きた》りし」と。専《もつはら》評判《ひやうばん》ありし故《ゆへ》、外《ほか》〳〵の客も自然《おのづ》と気味《きみ》悪《は》るく。誰《たれ》〳〵も通《かよ》ハざりける。是《これ》ハ音羽に振《ふ》られし客の意趣返《しゆがへ》し▼22なるべし。其比《そのころ》、『十八公今様曽我《ようそが》』▼23と云《いふ》、狂言▼24に取組《とりくみ》、古沢《こざは》村訥子《とつし》▼25、狐女郎買の仕打《う》ち▼26、古今《こん》の名誉《めいよ》を今に残せり。

（巻一の四）

〔原文注〕

▼1 **享保** 江戸時代中期（一七一六〜一七三五）の年号。

▼2 **江戸町二丁目** 江戸の、元吉原および新吉原にあった五町の一つ。

▼3 **音羽** 江戸新吉原の山桐屋半左衛門に抱えられていた。

▼4 **若い者** 遊廓などで働く男のこと。

▼5 **迷《まよ》ひ** 人が混雑して忙しいさま。

▼6 **煙草盆** 喫煙具一式をのせる容器。刻みタバコ用は火入れ、灰吹きなどを収め、持ち運びに便利な手提付きや引出付きなどがある。

▼7 **吸物** 魚介類や野菜を入れた汁物。酒の肴《さかな》にする。羹《あつもの》。

▼8 **茶屋** 客を揚屋・遊女屋へ案内することを業とする家。引手茶屋。

▼9 **客回し** 遊里で、客を案内すること。また、その役目の者。

▼10 **咄し**　気の利いた短い話。一口話。小咄。座敷芸の一つ。
▼11 **達て**　無理を承知で強く要求するさま。強《し》いて。
▼12 **膳**　でき上がった料理。
▼13 **次へ立ち**　席を外すこと。
▼14 **支度**　食事すること。
▼15 **まま**　理由を説明する時に用いる接続助詞。……ので。……によって。
▼16 **弁ずる**　物事を処理する。済ませる。
▼17 **親方**　遊女屋の主人。抱え主。亡八《くつわ》。
▼18 **よん所なき客**　放置しておくことの出来ない大切な客。
▼19 **貰ふ**　遊里で、客についている遊女や芸者を他の席に譲り受ける。
▼20 **名代**　女郎に二人以上の客が重なった時、一方の客に新造が代理で出ること。また、その新造。
▼21 **胆をけし**　胆を潰す。非常に驚く。
▼22 **意趣返し**　恨みを返すこと。仕返し。
▼23 **十八松《じゅうはっこう》今様《いまよう》曽我《そが》**　「十八公」は「枩（松）」のこと。享保十九年《一七三四》春、江戸中村座初演。二番目に京の次郎訥子にて「九郎助狐の女郎買」が仕組まれ「古今稀《まれ》なる大当り」となった（『歌舞伎年代記』）。また、「日本堤にて犬の足を切り、之に土を付けて狐の足跡を拵える趣向。これは其頃吉原にて狐が女郎買に来り、小判が木の葉なりしという風説を元とせしなり」（『歌舞伎年表』巻二）という。
▼24 **狂言**　歌舞伎のこと。歌舞伎狂言。
▼25 **訥子**　二代目沢村宗十郎（一七一三〜一七七〇）。
▼26 **仕打ち**　脚色仕組《しぐ》み。演出、また役者の舞台での演技。

大意

今となっては昔のことだが、享保の頃、江戸町二丁目の山桐屋に音羽という遊女がいた。初夏を迎えたころ、音羽を相方に指名して宴席に呼んだ客がいた。妓楼で働く若い者は慌ただしく接待の用意をしていたが、茶屋から客を連れて来た男が、「あの客は話をすることが嫌いなので、配慮してくれ」というので、案内係は承知して、その場にいる女郎などへも伝えた。

宴会が進み盃の数も重なった折に、客は茶屋の男に「早く帰れ」というが、初会の客なので帰るわけにも行かず、小咄などしてみるが、客は執拗に「早く帰れ」というので、その場の人々に後を頼んで帰って行った。

しばらくして食事が用意され、女郎は席を外し、禿が「召し上がれ」というと、客は「用があったら手を叩いて呼ぶから、食事中は放っておいてくれ」という。案内係の男は理由が分からず、その場でぐずぐずしていると「今のうちに他の用事を済ませてこい」との頼みなので、仕方なしに用事に立つ振りをして隣座敷から様子を覗き見ていると、客は周囲に人が居ないのを確認してから、お膳の上の料理を全部下に降ろして、其処に御飯をのせ、御飯の上におかずや汁を掛けて箸で掻き回し、辺りに人が居ないかを確かめている様子。「変なことをしているな」と見ていると、客は自分の顔を膳の中に入れ、犬猫のように周囲を警戒しつつ喰っている様子で、気味が悪い。全部食べ尽くしてから、鼻紙で膳を拭き、顔の汚れを拭いている有様は、それは怖ろしいものであった。

しばらくして客が手を叩いたが、誰も行こうとしない。仕方なく妓楼の主人に話して、客を連れてきた茶屋に連絡し、音羽へも奇妙な客の様子を話した。やがて茶屋の男が戻って来た。「音羽には大切な客が来たので其方へ移ることになった」と告げると、客は「仕方ないから代理を相手にして遊びたい」という。妓楼としては茶屋の男に「なんとかして、この客には帰って欲しい」という。茶屋の男は腹を立てて理由を尋ねる。客の様子を伝えると、茶屋の男も驚き、ようやく客を連れて帰った。

この事件後、「音羽に狐が客として来た」と噂になったので、気味悪がって誰も音羽を指名しなくなった。この事件は、音羽に振られた客の仕返しだったに違いない。折しも『十八公今様曽我』という歌舞伎に「狐の女郎買い」が仕組まれ、沢村宗十郎の演技が好評を博していた。

補説

「狐の女郎買い」については、天明三年《一七八三》の黄表紙『間違狐之女郎買《まちがいきつねのじょうろうかい》』（市場通笑作、鳥居清長画、奥村板）に

昔《むかし》、宗十郎が狐《きつね》女郎買《か》いと云《い》ふをしたが、怪《け》しからぬ大当《あ》たり。我《わし》が十八九の時分《じぶん》、もふ三十七八年《ねん》になろふ。虎《とら》と十郎が仲《なか》を割《さ》くつもりで、本名訥子《とつし》が京の二郎で虎《とら》が客《きやく》になり、犬《いぬ》の足《あし》を切《きっ》て、虎《とら》が座敷《さしき》へ足跡《あしあと》を付《つ》け、「虎《とら》に狐《きつね》の客《きやく》がある」と嫌《いや》がらせるつもり。

とあり、これは注にも記したように、享保十九年春、江戸中村座初演「十八松今様曽我」のことで、さらに

近頃《ちかごろ》も高麗屋《こふらいや》が狐《きつね》の女郎買《か》い桜田《さくらだ》が書《か》いたそうだが、その時《とき》は我《わし》は上方《かみがた》へ行《いっ》て見ませぬ。うちの知《しれ》ぬを幸《さいわ》いに、狐《きつね》と云《い》ふ趣向《しゆかう》に狂言《きやうけん》を書《か》いて、先《さき》から嫌《いや》がるようにするか良かろうといふ。

とある。これは安永三年正月の中村座「御誂染曽我雛形」の二番目で高麗屋（四代目松本幸四郎）が「与九郎狐の女郎買」を演じたことである。

いずれにしても、春狂言〈曽我もの〉に組み入れられた趣向で、十郎と曽我兄弟を支えていた大磯の虎（遊女）との仲を切るために仕組まれた「狂言」であった。つまり、「狐の女郎買い」は、この歌舞伎を通じて広く知られていたもので、「狐は化けて人を騙す」という俗信を利用して、人間が女郎を欺す話なのであった。

角近江屋《や》千代里《ちよさと》幽霊《ゆふれい》に似せて鴇母《やりて》を欺《あざむき》し事

今ハ昔《むかし》、京町二丁目、角近江屋《や》と云《いへ》るに、千代里《ちよさと》▼1と云《いふ》娼婦《ゆふくん》有《あり》。眉目容能《みめかたちよく》、往〻《ゆく〱》ハ、家の太夫ともなるべき者《もの》なるが、薄命《ふしやはせ》にて客もなく、来《きた》る年の暮《くれ》、魂祭《たままつる》文月▼2、二季《き》▼3の移《うつ》りかはりも、いつ《か》とても心に任《まか》せず暮《くら》せしが、「風の音にぞおどろかれぬる」▼4初秋《はつあき》の比《ころ》、鴇母《やりて》に、▼5入用《よう》の事《こと》ありて金子《きんす》少〻借《か》りけるが、約束《やくそく》の日も過て返《かへ》す事も出来《でき》かね、一日と立《たち》、二日過《すぎ》、「今日《けふ》ぞ亡魂《なきたま》の来《く》る」▼6と云《い》へる夜まで打過《うちすぎ》けるに、鴇母《やりて》ハ腹《はら》を立《たて》、常〻《つね〲》心つよく、鉄心漢《つれなきひと》なれバ、大勢《おゝぜい》の人の中にて、千代里《ちよさと》を恥《はじ》しめ、金子を返《かへ》さず延〻《のび〲》にせし事を憤《いきどを》り、云募《いひつの》りけれバ、▼7友傍輩《ともほうばい》の女郎も、気《き》の毒《どく》身に余《あま》り「とやかく」と鴇母をなだめ、其《その》座を退《のけ》けるが、千代里ハあるにもあられず、己《おの》が部屋《へや》へ帰《かへり》、心易《やす》き傍輩女郎に差向《さしむかひ》、泪《なみだ》にくれ、我身の薄命《ふしやはせ》を語《かたり》「金子を返《かへ》さず、延〻《のび〲》になりしハ此身の誤《あやまり》と雖《いへども》、余《あま》りと云《い》へバ公界《くがひ》する身《み》、情《なさけ》なき仕方《しかた》。翌《あす》よりハ誰《だれ》に面《おもて》を向《むけ》られん。今ハ此身《み》も思ひ切侍《きりはべ》る」と、泪《なみだ》と共《とも》に剃刀《かみそり》取出《とりいだ》し、覚悟《かくご》の体《てい》に、傍輩《ほうばい》女郎も〔も〕、彼是《かれこれ》と異見《ゐけん》▼8して。是《これ》をなだめ「よふ〱」と取鎮《とりしづめ》けるが、「所詮金子《しよせんきんす》さへ返《かへ》せバ済《すむ》事なり」と、友《とも》女郎の情《なさけ》にて金子調遣《とゝのへつかは》しけれバ、千代里《ちよさと》ハ嬉《うれ》しさ身にあまり、悦《よろこぶ》にも又泪《なみだ》なり。

「鴇母《やりて》に早速返《さつそくかへ》すべし」とハ思へども、余《あま》りとや、人中《ひとなか》にて恥《はぢ》をかゝせくれし事の口惜《くちおし》ければ「返《かへ》すにこそ仕方《しかた》あらん」と、工夫をなし、引け四ッ▼9も過《すぎ》、彼是《かれこれ》と丑三《うし》つ▼10近《ちか》くなる比《ころ》、千代里ハ、髢《かもじ》▼11取出《だ》し頭《かしら》に頂《いだゝ》き、白粉《おしろひ》溶《と》いて、▼12まばらに▼13化粧《けは》ひ、白帷子《しろかたびら》▼14を身に着《ちやく》し、鴇母の部屋《へや》へ心《こゝろ》がけ、明障子《あかりしやうじ》ヲ静《しづか》に明《あけ》て、鴇母か枕元《まくらもと》に幮越《かやごし》▼15に居《すは》り、声《こへ》を細《ほそ》めて「もし〱」と起《おこ》す声に、鴇母、目を覚《さま》し見れバ、丈《たけ》なる髪を振《ふり》みだし、顔色《がんしよく》青《あを》ざめたる女の姿有《あり》。「はつ」と斗《ばかり》に夜着《よぎ》▼16引被《か》ぶり、念仏となへて震《ふる》ひ居《いる》を、千代里ハ尚《なを》哀れなる声震《こへふる》はし、「先比《さきごろ》ハ此方様《こなさん》に、拠所《よんどころ》なく無心を云《いひ》、金子を借《か》り参《まい》らせしに、不仕合《ふしあはせ》なる我《わが》身の上、返す工面《くめん》も間違《まちが》ひしゆへ、一日二日と過《すぐ》るうち、此方様《こなさん》に恥しめられしハ、無理とハさら〱存《ぞん》ぜねども、人中と云公界《いふくがい》のみ、由《よし》なく恨《うら》みし面目《めぼく》なさ。堪忍《かんにん》してくんなんせ」と、二声三声尻《しり》声泣《な》く。▼17金子をそつと枕元《もと》に差《さし》置つゝ、跡退《あとじさ》りして障子《しやうじ》を建《たて》、▼18傍《ほう》輩《ばい》女郎の寝たる幮《かや》の内へ、息《いき》をつめて来りつゝ、帷子《かたびら》 髢《かもじ》も取隠《とりかく》し、知《し》らぬ体《てい》にて寝《いね》たりけり。

鴇母ハ一心不乱《いつしんふらん》に夜着《よぎ》の内にて念仏唱《とな》へ、夜《よ》の明行《あけゆく》を待《ま》てども、秋《あき》の夜《よ》いまだ長《なが》からぬ比《ころ》ながら、千夜《ちよ》を一夜《ひとよ》の心地《こゝち》して、よふ〱雞《とり》の声《こへ》も聞《きこ》へけるまゝ、夜着《よぎ》の内《うち》より差覗《さしのぞき》、見てあれバ、朝日《あさひ》まばゆき比《ころ》、よふ〱人心地になり、起出《おきいで》て見れバ枕本《まくらもと》に金子有《あり》。「扨《さて》は夢《ゆめ》にてハ無《な》かりけり」と、いよ〳〵気味悪《きみわる》く、千代里《ちよさと》が臥《ふし》たる方《かた》へ抜足《ぬきあし》して行《い》たり見れバ、千代里ハ夜に見し姿《すがた》ハ露《つゆ》もなく、髪《かみ》も取《とり》あげ乱《みだ》れもせず、寝《ね》姿わるく臥《ふし》たる有様《ありさま》に、いよ〳〵鴇母《やりて》ハ怖《おそろ》しく、彼是《かれこれ》するうち千代里も、起出て身《み》こしらへする所へ、鴇母ハ常に事かはり、笑顔《ゑがほ》を作《つく》りしとやかに、時ならぬ今朝《けさ》の涼《すゞ》しさ、烟草吸付出《たばこすいつけいだ》しながら千代里が顔つく〴〵見て、「おまへの器量《きりやう》お仕立《した》てなら、太夫様にもなるべきもの。かく不仕《しや》合《はせ》にて居給ふゆへ、何卒《なにとぞ》人並《なみ》に意地《いぢ》を出《いだ》させ「太夫様にも仕立ん」と、わざ〳〵人中で恥《はぢ》しめしハ、おまへの身《み》のためを思《おも》ひしゆへ、必《かならず》〳〵「わづかの金故《ゆへ》斯《かく》申せし」と思召も恥《はづ》かしし。此上とても有《ある》事なり。何時《いつ》とても不自由《じゆふ》なら、必遠慮《かならずゑんりよ》し給ふな」と、夜前《ぜん》の金子《きんす》取出し「是《これ》ハ時分柄《がら》おまへの方《かた》にも入用ならん。私方《かた》にハ不自由にも無《な》きまゝ、心措《お》きなく遣ひ給へ。我身方《わがみかた》へ返《かへ》し給ふハ何時《いつ》にでも苦《くる》しからず。「誰《だれ》しも工面《くめん》の悪《あ》しき時は、術《じゆつ》なきもの」と、此上《このうへ》とても遠慮なく、少《すこし》の事ハの給へ▼19」と、千代里ハ可笑《おか》しさ堪《こら》へ泪《なみだ》ぐみ「堪忍《かんにん》してくんなんせ。出来《でき》さへすれバ何が扨《さて》、直《じき》に返《かへ》し申ます。「未返《まだかへ》さぬ」とて、その様《やう》にの給へバ、此上《このうへ》ハ死《し》ぬるがせめての云訳《いゝはけ》」と、泪《なみだ》と共《とも》にかき口説《くど》けバ、鴇母《やりて》ハ「金子を返《かへ》さぬ」と云一云《いふひとこと》に「ぞつ」として怖《おそろ》しくなりしが、心を取直し「其様《そのやう》に気の弱事《よはいこと》あるものか。公界《くがい》する身《み》ハ猶更《なほさら》なり。此上《このうへ》とても必《かならず》〳〵遠慮《ゑんりよ》なく、不自由《じゆふ》な時ハの給へ」と、以前の金子差《さ》し置つゝ、いにしへ今の勤《つとめ》の身の、趣意《しゆい》なき咄《はなし》に座をくろめ、己《おのれ》が部屋《へや》へ帰《かえ》りける。

夫《それ》よりして此《この》鴇母鉄心所《つれなきこころ》も何時《いつ》となく、慈悲第一の人となり、新造禿に至《いたる》まで、情をかけて恵みける。勿論《もちろん》千代里を我娘《わがむすめ》の如《ごと》く労《いた》はり遣しける。

（巻一の五）

〔原文注〕

▼1 **千代里** 享保十八年《一七三三》の細見『新板浮舟草』には、京町二丁目の角近江屋仁兵衛抱えの部屋持として名前が見えている。

▼2 **魂祭文月** 陰暦七月の精霊祭。盂蘭盆会《うらぼんえ》。

▼3 **二季** 季節の変わり目。盆と暮。

▼4 **風の音に……** 『古今集』巻四秋歌上「秋来きぬと目にはさやかに見えねども風の音にぞおどろかれぬる」は下の初秋に掛かる。

▼5 **鴇母** 遊女屋で、諸事の取り持ちや遊女の監督や指導などをする女。遣手《やりて》婆。花車《かしや》。香車《きようしや》。

▼6 **今日ぞ亡《なき》魂の来る** 陰暦七月十三日に先祖の亡魂を迎える盂蘭盆会のこと。

▼7 **云ひ募り** 調子に乗っていよいよ激しく言う。

▼8 **異見** 他の人と違う意見、見解。ここでは説得する程度の意味。

▼9 **引四《ひけよ》ッ** 遊女が張見世を引く時刻。実際には九つ時（午後十二時）であるのを吉原に限って四つ時（午後十時）とみなして拍子木を打って、遊女が見世を引く合図としたもの。

▼10 **丑三つ** 今の午前二時から二時半ごろ。転じて、真夜中。

▼11 髱《かもじ》　結髪の際に本毛を補うために用いる義髪や足し毛の類をいう。鬢《びん》や髱《たぼ》、前髪などの形を整えるために、さまざまな蓑毛の髱が工夫された。
▼12 白粉溶いて　顔や肌に塗って色白に美しく見せる化粧料。粉白粉を水に溶いて用いた。
▼13 まばら　すきまだらけの荒れたさま
▼14 白帷子　ここでは死者に着せる麻や絹などで織った白地の単衣《ひとえ》のこと。幽霊の体に装った。
▼15 幗越し　蚊を防ぐために、四隅をつって、寝床をおおう具を隔て。
▼16 夜着　寝るときに上に掛ける夜具。特に、着物の形をした大形の掛け布団。かいまき。
▼17 尻声泣く　あとを引くような声で泣く。
▼18 建て　障子などを閉ざす。
▼19 の給へ　宣《のたま》へ。仰《おつしや》つて下さい。

大意

今となっては昔のことであるが、京町二丁目の角近江屋という遊廓に千代里という遊女がいた。容姿端麗で、将来は太夫にも昇り詰めるべき女郎であったが、不幸にも馴染み客に恵まれず、年末や、七月の盂蘭盆、季節の変わり目など、お金の必要な時にはパトロンがいないので、何時でも不如意な暮らしぶりであった。

七月の初め、必要があって遣手に少しのお金を借りたが、約束の日限が過ぎても返済が出来ず、十三日の死者が現世に戻ってくるという盂蘭盆会の夜を迎えようとしていた。遣手は冷酷な人であったので、腹を立て、大勢の前で千代里を罵倒した。他の女郎たちは千代里が余りに気の毒なので、遣手を宥《なだ》めたが、千代里は居たたまれずに自室に戻り、親しい遊女たちに身の不幸を語りつつも自刃しようとする。遊女たちは「お金さえ返せば良いことだ」と、お金を出し合って提供してくれた。千代里はその気遣いに感激して、早速遣手に返そうと思ったが、大勢の前で辱めを受けたことを恨んで、返すにしても方法があろうと、ある計略を考え出した。

深夜午前二時頃になって、付け毛を装着し、顔色を青白く見えるように化粧し、白い衣を着て、まるで幽霊のように扮装して、寝ている遣手の部屋へ行き声をかけると、遣手は幽霊だと思い込み、布団をかぶって震えて念仏を唱える。千代里は、涙声で「お金を貸していただいたけれど、返済できずに、大勢の前で侮辱されたことが恨めしい。返せなかった私が悪いのに面目ない。どうかお許しください」と、お金を置いて寝床に戻り、普段の扮装に戻して寝た。

一晩中寝られずに怖ろしい思いをしていた遣手は、夜が明けるとやっと安堵した。枕元にお金が置いてあるのを確認して、「夢ではなかった」と悟るが、底気味悪く千代里を見に行くと、昨晩の姿ではなく何時もの様子で寝ているのを見て、ますます恐ろしくなった。

やがて千代里も起き出して身ごしらえするところに、遣手は何時もとは違って笑顔を作り「お前は器量も良いし、太夫にもなるべき者だ。不幸にして馴染みが出来ないので、みんなの前で侮辱したのも、「意気地を見せよ」との激励のつもりだった。別に、僅かの金の返済が遅れたからではない。お金に困ったら何時でも相談に来なさい」と、昨晩返済した金を持ってきて「必要なら使いなさい。返済なんて何時でも良いから」という。千代里は笑いをこらえて「どうか許して下さい。返済の目途がついたら直ぐにお返しします。「まだ返さない」と仰るなら死んでお詫びするしか方法がありません」とうそ泣きしつつ言分けすると、遣手はゾッとして恐ろしくなったが、心を取り直し「手許不如意の折は何時でも仰ってください。お貸ししますから」といって、遊女としての心掛けなどを話して、その座を護摩化して自分の部屋へもどっていった。

この事があってからというもの、遣手は何時の間にか冷酷な心を捨て、慈悲第一の人になった。新造や禿にも親切にし、当然のこと千代里も自分の娘のように大切にした。

補説

本話は、ほぼそのまま式亭三馬の合巻『恋窪昔語契情畸人伝《けいせいきじんでん》』（柳川重信画、錦森堂板、文化十四年《一八一七》）に取り込まれている[1]。次の挿絵でも一目瞭然であろう。挿絵は八ウ九オ。本文は前々丁から。

今ハ昔《むかし》同じ町なる角逢身屋《かどあふみや》といへるに、千代里《ちよざと》といふ遊女《うかれめ》あり。眉目《みめ》うるはしく末々《すゑ〴〵》ハ太夫ともなるべき者《もの》なるが、薄倖《ふしあはせ》にて、これぞと頼《たよ》るべき客《きやく》もなく［つぎへ］［つゞき］紋日物日《もの》の苦《くる》しみ絶《た》えず、二季の移《うつ》り変《かは》りなど、何時《いつ》とても心にまかせず暮《くら》せしが、風の音《おと》より真《ま》つ先《さき》におどろかれぬる初秋の衣替《がへ》、是非《ぜひ》なく遣手《やりて》に無心して、少しの金《かね》を借《か》りけるが……

図版1-5　合巻『恋窪昔語 契情畸人伝《けいせいきじんでん》』（式亭三馬作、柳川重信画、錦森堂板、文化十四年）
（国立国会図書館デジタルコレクション https://dl.ndl.go.jp/pid/10301175）

とあり、ほぼ丸取りである。原話になかった挿絵は、三馬の下絵に基づいて重信が描いたものであろう。

〔補説注〕

（1）「解題」二一七頁注11参照。

三浦屋山路《みうらややまぢ》が客月見《きやくつきみ》の事

今は昔《むかし》、揚屋町海老屋《ゑびや》がもとへ田舎登《いなかのぼ》リの客来《きやくきた》リて、三浦屋《や》の山路《やまじ》▼1といへる女郎に逢《あい》ける。衣服《いふく》も廉相《そさふ》なる▼2を着《ちやく》し、人品《しんぴん》ンハよろしき人柄《がら》なり。

比《ころ》しも八月の初《はじ》めつ方《かた》なりけるが、「裏約束《うらやくそく》▼3は十五日に来《きた》るべし」と約束《やくそく》せしかバ、揚屋《あげや》夫婦《ふうふ》も「十五日は、月見にて、此里《このさと》の大紋日《おおもんぴ》▼4にて、殊《こと》に、彼是《かれこれ》、物入▼5も多《おほ》く侍る段《だん》」、くわしく咄《はなし》けれバ、「夫《それ》は少《すこ》しも苦《くる》しからず」▼6とて入用《いりよう》の品▼7、聞合《きゝあはせ》、金子▼8を揚屋《あげや》へ渡《わた》し帰《かへり》ける。程《ほど》なく十五日にもなりしかバ、以前《いぜん》の田舎客《いなかきやく》ハ木綿《もめん》の古《ふる》き風呂敷《ふろしき》に、重箱体《ぢうばこてい》の物《もの》を包《つゝみ》、自身《じしん》に提《さげ》て来《きた》りつゝ、海老屋夫婦《ゑびやふうふ》ハ出迎《いでむかひ》、笑顔《へがほ》をつくりて、愛想能《あいそうよく》饗《もてな》しける。山路《やまぢ》は、疾《と》くより来《きた》りて待居《まちゐ》たり。座敷《ざしき》ハ何か花《はな》〴〵敷飾《しくかざ》り、芸者《けいしや》、牽頭《たいこ》▼9も出迎《いでむかひ》、とり〴〵に饗《もてなし》、盃《さかづき》の数《かず》も重《かさな》りし歟《か》。田舎客《いなかきやく》ハ包《つゝみ》し風呂敷《ふろしき》をとり出し、包ほどけバ、内ハ会津塗《あいづぬり》▼10の大重箱《おほぢうばこ》を取出し、蓋《ふた》を開《ひらけ》バ、見るもいぶせき▼11団子《だんご》を▼12、うづ高く入《いれ》たりけるを、二ッ三ッつゝ新造《しんぞう》禿《かぶろ》、遣り手《て》揚屋《あげや》夫婦をはじめ、内外《うちと》の者へ遣はしける。名にしほふ今宵《こよひ》▼13ハ、皆《みな》〳〵佳肴珍味《かかうちんみ》▼14に飽《あき》みちて、誰《だれ》とり上る者もなく、或《あるひ》ハ、小庭縁側《こにはゑんかわ》へ打捨ける。揚屋《あげや》の丁稚《でつち》も。二ッまで貰《もら》ひけるが、台《だい》所へ持出《もちいで》、所詮《しよせん》なく一口喰《ひとくちくひ》けるに、

「かり〳〵」と、歯《は》へ触《さは》る物有《あり》けるまゝ、吐《はき》出して見れバ、小粒《こつぶ》三分▼15有けるまゝ。残る一ツも噛破《かみやぶり》見れバ、是《これ》にも金子二分ありけるまゝ、皆《みな》〳〵へ見せければ、家内ハ急《きう》に騒《さは》ぎ出し、「爰《こゝ》や彼処《かしこ》」と、最前捨《さいぜんすて》し、団子を捜《さが》しける。或《あるい》ハ紙燭《しそく》▼16を灯《とも》す者も有《あり》。蝋燭《らうそく》を灯《とも》して縁側《ゑんがは》、小庭台所《だいところ》の隅《すみ》〳〵まで、くまなく探《さが》し求《もとめ》ける。欲《よく》にハ変《かはる》も人心。彼処《かしこ》にてハ一ッ見つくれバ、互《たがひ》に争《あら》そひ取けるまゝ、忽《たちまち》家内群集《ぐんしゅ》をなし争《あらそ》ふ有様《ありさま》。田舎客ハ露知《つゆしら》ぬ顔にて、其夜を明《あか》し帰ける。

（巻二の二）

〔原文注〕

▼1 **三浦屋の山路** 享保十八《一七三三》年の細見『新板浮舟草』に京町三浦四郎左衛門抱えの格子女郎として山路が見えている。なお、揚屋として海老屋治右衛門も載る。

▼2 **廉相なる** 廉《レン》は直段が安いこと。相《さう》は姿や有様のこと。「廉相」に「粗相《そそう》（疏相、麁相）」の訓みを振ったもの。此処では、安っぽい着物の謂。

▼3 **裏約束** 初会の時に、再度逢うという約束をすること。「裏を返す」ともいう。

▼4 **大紋日** 紋日は物日《ものび》の変化した語。紋日の中でも重要な日。此処では「月見」の行事のこと。

▼5 **物入《ものいり》** あれこれと費用がかかること。紋日には、遊女は必ず客をとらねばならず、揚代もこの日は特に高く、その他、祝儀など客も特別の出費を要した。

▼6 **苦しからず** 一向に差し支えない。何も問題がなく困らない。

▼7 **入用の品** 必要な品々。

▼8 **金子**《きんす》 此処では紋日の準備のために必要な資金。支度金。
▼9 **牽頭** 遊客に陪席して、芸を演じたり巧妙な座談をしたりして、遊興を盛り上げ助ける人。男芸者。
▼10 **会津塗** 会津地方（福島県）より産する漆器。渋地塗で消粉蒔絵《けしふんまきえ》を施したもの。豪華絢爛な高級品ではなく、膳、盆など日用品が多かった。
▼11 **いぶせき** むさくるしい。みすぼらしい。見栄えのしない。
▼12 **団子** 穀類の粉を水で練《ね》ってまるめ、茹で（蒸し、焼い）たりしたもの。粳米《うるちまい》の粉が使われることが多い。晴《ハレ》の日の食物とし月見の際に供する風習があった。甘味のついた美味な団子が作られ、江戸時代になると「花より団子」の比喩のごとく、庶民に愛好された。
▼13 **名にしほふ……** 「なにしおふ秋のこよひのしるしとや　ことにくまなく月もすむらむ」（『元応二年八月十五夜月十首』六十二）などの伝統的感性。
▼14 **佳肴珍味** 料理屋から仕出した贅を尽くした高級料理。おいしい酒の肴。うまい料理。めったに食べられない珍しい食物。
▼15 **小粒** 一分金、二朱金など小形の金貨のこと。小粒金。一分は一両の四分の一。一朱は一両の十六分の一に相当する。一両は現在の十万円程か。
▼16 **紙燭** 紙や布を細く巻いてよった上に蝋を塗ったもの。小型の照明具。

大意

今となっては昔のことであるが、海老屋という揚屋に田舎から江戸に出て来た客が来て、三浦屋の山路という女郎を敵娼《あいかた》とした。服装は安っぽかったが、下品な人柄ではなかった。折しも八月の初めであったが、「再会は十五日に」と約束すると、揚屋夫婦は「八月十五日は月見という吉原では大事

図版 1-6 〈挿絵第二図〉

な大紋日で、何事にも費用が掛かる」と説明すると、客は「一向に差し支えない」といって、用意すべき必要な品々を聞いて、必要な支度金を揚屋に渡して帰って行った。

約束の十五日になると、例の田舎客は木綿の風呂敷に重箱を包んで持って来た。海老屋夫婦は愛想良く出迎え、山路も早く来て華々しく飾った座敷で待っていた。芸者や幇間も出迎えて饗応し、盃の数も重なった頃、田舎客は持って来た風呂敷包みを開き、決して豪華ではない普段使いの大きな重箱を取り出した。蓋を開け、入れてあった見栄えのしない団子を、新造や禿、遣手や揚屋夫婦たちに配った。

月見は、吉原でも盛大な紋日で、料理屋から仕出した高級料理を堪能した人々は、誰一人として団子などには見向きもせず、その辺の縁側などに放置しておいた。ただ、揚屋の丁稚は団子を二つ貰ったので、台所へ持っていって、仕方なく一口食べてみた。すると何か歯応えがあったので、吐き出してみたら、金貨三分であった。もう一つも囓ってみたら、これにも金二分が入っていたので、みんなに見せたところ、人々は急に騒ぎ出し、先程放置した団子を、紙燭や蝋燭を灯して、縁側や小庭、台所など隅々まで探し始めた。一つが見付かると互いに争って奪い合い、家中は大騒ぎになったが、田舎客は素知らぬ顔をして、その夜を明かして帰って行った。

補説

紋日（物日）は、五節供をはじめとして特別な日であった。揚代も特別に高くなり、また準備や仕出し、遣手などに配る花代などにも金が掛かり、金の工面に苦労させられた。とりわけ、紋日に客との約束を取り付けられない遊女は、全部自分で負担しなければならなかった。

『麓の色』(1) 巻二「物日」には、

……女郎の身の上は、朝夕の食物、酒、灯油に銭入《いら》ぬばかり。其外は家賃出ぬのみにて、琴、三味線、床飾は更《さら》なり、神宮、仏壇まで世間の世帯持に変《かわ》る事なし。素《もと》より紅《べ》脂《に》、白粉《おしろい》、油髪《かみあぶら》は云《い》うに及《およば》ず、櫛笄《くしこうがい》も、さすが贋《にせもの》も差《さ》されず。毎日同じ衣裳も着《き》られず。禿《かぶろ》を持《も》てば子持に等《ひと》しく、四季、時節の衣類、鼻紙、煙草も妹女郎の世話まで、重荷に小着なるべし。或《あるい》は畳《たたみ》の表替《か》え、提灯長柄《ながえ》の貼替《はりかへ》、活花、履物、炭、蝋燭《ろうそく》まで、偏身の脂ぞかし。

尓《しか》のみならず、牛、遣手、針明に、折にふれての心づけ、客への付届、茶屋、船宿の義理、順義、或《あるい》は衣の奉加、懸捨《かけすて》の無尽、堂宮の勧化、開帳の提灯も、顔役なればいかにせん。親方の祝い、仏事の進ぜ物、女衒《ぜげん》がゆすりは、搾木に掛《か》けて身の脂を絞《しぼら》るゝ思《おも》いなるべし。特に親里の悲き便《たより》を聞《きく》に忍ず、俄《にわか》に向ふの人を呼子鳥。おぼつかなくも茶瓶《ちゃびん》まで飛ばせて、遣繰《やりく》る忙《せわ》しなさ。

と、妓楼に搾取され続ける苛酷な経済状況が描かれている。これに続けて「常と思《おも》えど遣瀬《やるせ》なきは物日ぞかし。月次の外、松の内、雛まつり、あやめの節句、七夕、月見は然《さ》もあれ、観音の縁日、ご盆彼岸を、いかなれば憂《う》き数に数《かぞ》えそめけん……。」と紋日の大変さが延々と記述されているのであるが、特に八月は、「八朔《はっさく》（八月一日）」と「月見」（八月十三～十六日）の紋日は間隔が短くて、対応が大変であった。『吉原大全』(2)に「八朔」は「此日中の町へ出る女郎は、皆々上着まで白無垢を着す故事なり」とあり、まだ暑い時候に「お針（裁縫女）」に注文して冬物の白無垢を仕立てて用意する必要があった。一方「月見」については「華麗を専らとし、座敷に歌舞伎座あやつり座をもうけ、その外かざり物等、客の心々にて善つくし美つくす事なり、又かざり物に木をうへ山を築、提灯をつくす事あり、又なじみの客へ月見杯をおくる、故実なり」（同前）とあり、やはり物入りだったのである。
さて、田舎から出てきた客は、複雑な吉原の故実をわきまえていない者が多く、吉原では極端な田舎蔑視の傾向が強かった。本話は、見掛けは田舎者風の客が体裁を良くすることに意を用いてない様子で、月見団子を入れた重箱にも日用品を用いて自ら持参した。が、実は花代を粋な趣向で準備していたという話で、客が心の中で吉原の人々を笑ったというものである。

〔補説注〕

（1）『麓の色』写本、五巻一冊、飯袋子、明和五年《一七六八》成立。『近世文芸叢書』十巻（国書刊行会、一九一一）所収。引用にあたって表記などに手を加えた。

（2）『吉原大全』五冊、明和五年《一七六八》、舟木嘉助板。吉原の様々な風習や用語、故事などについて簡略にまとめられた本。『吉原風俗資料』（蘇武緑郎編、大洋社書店、一九三〇）など所収。引用にあたって表記などに手を加えた。

中万字屋《なかまんじや》玉菊全盛《たまぎくぜんせい》の事 付り 灯篭《とうろう》の権輿《はじまり》 幷 河東追善《かとうついぜん》回向《ゑかう》之事

今ハ昔《むかし》、正徳享保の比《ころ》▼1、角町中万字屋《すみちやうなかまんじや》に、玉菊といへる遊女有《あり》ける。▼2百《もゝ》の媚《こび》▼3、自然《しぜん》と備《そなは》り、粉黛《ふんたい》▼4の色を借《か》らず。さながら楊家《ようか》の深窓《しんそう》を出《いで》し、貴妃《きひ》▼5が昔《むかし》も斯《かく》や有《あり》けん。人毎《ごと》に其愛敬《あいぎやう》の余りあるをや。常〳〵出る茶屋《ちやや》ハ勿論《もちろん》、其外の茶屋《や》、芸者《げいしや》に至るまで、過分の心付▼6を常《つね》になしければ、誰あつて「玉菊 悪《あ》しかれ」と思ふ者もなく、影《かげ》ながら、其全《そのぜん》盛《せい》を祈《いの》らぬ者もなかりけり。或《あるい》ハ牽頭《たいこ》末社《まつしや》▼7に至《いた〔る〕》るまで、其仁愛《そのじんあい》を感《かん》じ慕《した》ひけるは、「桃李《とうり》もの言《い》はず下《しも》おのづから径《みち》をなす」▼8心地《こゝち》にて、五丁▼9第《だい》一、全盛▼10の名ハとりける。

然《しか》るに水無月《みなつき》▼11のはじめ、風の心地▼12にて、ふと打臥《ふ》しけるが、文月▼13のはじめ、終《つひ》に黄泉《かうせん》の旅《たび》に赴《おもむ》きける。▼14百薬《やく》、用《もち》ゆるが験《しるし》なく、扁鵲《へんしやく》、荊棘《けいきよく》の林《はやし》に遊ばず。▼15誠《まこと》に馬塊《ばくわい》▼16一夜の夢《ゆめ》の心地して、おしなめ悲《かなしみ》の泪《なみだ》、腸《はらわた》を断《たち》けり。▼17あるべきにあらねバ、終《つひ》にハ、化野《あだしの》の夕《ゆふべ》の煙▼18ほそく、結《むす》ぶも嬉《うれ》し。忘《はす》れ形見《かたみ》にと、霍《つる》の林《はやし》▼19の霜《しも》おける様《さま》とて、人ゝの哀《かな》しみ、云《いふ》もさらにして、親《おや》、同胞《はらから》にあらねども、子《こ》を失《うしな》ひし思ひをバなしける。

玉菊《たまぎく》が亡跡《なきあと》の追福《ついふく》に、心易《こゝろやすき》茶屋《や》、軒毎《のきごと》に挑灯《ちやうちん》を灯《とも》して、冥闇《めいあん》を照《てら》しける有様《ありさま》、小松《こまつ》の大臣《おとゞ》▼20、四十九院▼21を表《ひやう》し、灯《とも》さしめ給ひし、灯篭《とうろう》の俤《おもかげ》にかよひ、又初秋《またはつあき》の、物淋《ものさみ》しき夕《ゆふ》暮《くれ》の景色《けしき》を増《まし》けれバ、見物《けんぶつ》の貴賤《きせん》夥《おひたゝ》しかりける。よつて翌《よく》、享保元《きやうほうぐわん》の初秋《はつあき》ハ、中之町家《いへ》毎《ごと》に縞《しま》の挑灯《ちやうちん》▼22を灯《とも》しけるに、去年《きよねん》にまさりて、見物《けんぶつ》も増《ま》しける。

破笠《はりつ》と云《いへ》る者、はじめて機関《からくり》の灯篭《とうろう》▼23を工出《たくみだ》してより、年毎《としごと》に、互《たがい》に灯花《とうくわ》の精妙《せいめう》を尽《つく》して、今に至《いた》りぬ。

扨《さて》、玉菊、三回忌《さんくわいき》には、水調子《みづてうし》▼24と云《いふ》、河東節《かとうぶし》▼25の編《あみ》て、一廓《いつくわく》是《これ》がために悲《かなしみ》を添《そ》へける。（巻二の三）

〔原文注〕

▼1 **正徳享保** 正徳（一七一一〜一六）、享保（一七一六〜三五）。

▼2 **玉菊** 角町中万字屋勘兵衛方の遊女。才色兼備で琴、三味線をはじめ諸芸に達し比類ない全盛をきわめた。元禄十一《一六九八》〜享保十一《一七二六》年。

▼3 **百の媚** あふれるばかりのなまめかしさがある。美人の形容にいう。白居易『長恨歌』の「眸《ひとみ》を廻《めぐ》らして一笑すれば百媚生《しょう》じ」に拠る。

▼4 **粉黛** 白粉《おしろい》と黛《まゆずみ》。化粧。

▼5 **楊家の深窓を出し、貴妃** 楊貴妃のこと。唐の六代皇帝である玄宗が楊貴妃（貴妃は妃の最高位）を寵愛し過ぎて安史の乱を引き起こしたことから、「傾国の美女」として知られている。古代中国四大美人（西施・王昭君・貂蝉・楊貴妃）の一人。白居易の『長恨歌』で知られている。

▼6 **過分の心付** 世話になる人に感謝の気持ちを示すために与える不相応なほどの充分な金銭や品物。祝儀。

▼7 **末社** 遊里で客の取り持ちをする者（太鼓持、幇間）。また、取り巻きの人。

▼8 **桃李もの言はず……** 「諺《ことわざ》に曰く、桃李もの言はざれども下自《したおの》づから蹊《みち》を成す」（『史記』李広伝賛）。桃や李《すもも》は華実があるので、人が集まってきてその下に自然に道ができる。徳のある人は自然と人々が帰服する喩え。

▼9 **五丁** 新吉原遊廓のこと。五丁町（江戸町一、二丁目、京町一、二丁目、角町《すみちょう》）から成っていた。

▼10 **全盛** 遊女などに他をしのぐほど客が多くついて流行《はや》ること。遊女の売れっ子。

▼11 **水無月** 陰暦六月。

▼12 **風の心地** 風邪《かぜ》を惹いたような感じ。風邪気味。

▼13 **文月**　陰暦七月。

▼14 **黄泉の旅に赴ける**　黄泉《よみじ》（冥途、あの世）へ行くこと。すなわち死ぬこと。

▼15 **扁鵲荊棘の林に遊ばず**　扁鵲は中国春秋戦国時代の伝説上の名医。荊棘は、茨《いばら》などの乱れ茂っている所の謂であるが、巻三では「荊棘林《くるわ》」と振仮名が付された上で「荊棘《けいきょく》の林に棲《すん》で其《その》香かに染《そま》ぬる」とあるので、「名医は遊廓では遊ばない」という意か。

▼16 **馬塊**　馬嵬は楊貴妃が殺された場所。

▼17 **腸を断**　腸《はらわた》が断《ちぎ》れるほどの悲しさ、辛《つら》さ。

▼18 **化野の夕の煙**　京都嵯峨の化野は鳥部山とともに葬地と知られていた。荼毘《だび》に付すこと。「化野の露」「鳥部山の煙」は人生の無常を表す。

▼19 **霍の林**　鶴林は、釈迦入滅の時、白鶴のように白変し枯れたという娑羅双樹のこと、転じて仏の涅槃をいう。

▼20 **小松大臣**　平重盛。京都東山に四十八間の御堂を建てて一間に一つずつの灯籠《とうろう》をかけ、毎月十四、十五の両日に供養をしたので、世間では灯籠大臣と呼んだ（『平家物語』三）

▼21 **四十九院**　未来に成仏する弥勒菩薩のいる兜率天の内院にある四十九重の摩尼（宝珠）宝殿をいい、また弥勒信仰によって四十九院を模した四十九個の寺や、四十九堂をそなえた寺などをいう。

▼22 **縞の挑灯**　洒落本『玉菊灯籠弁』（安永九年、南陀伽紫蘭作）に「吉原の事なれば只《たゞ》の白張提灯《しらはりてうちん》も灯《とぼ》されめへから、赤いと墨とでだんだら筋を引て灯《とぼ》したれば……」と見えている。

▼23 **機関の灯篭**　「始めは切子灯籠《どうろう》にてありしが、小川破笠が奇巧より次第に工《たくみ》になりしといへり」（『武江年表』享保十三年七月）。

▼24 **水調子**　三味線の調子で弦をゆるく張り、調子を低くしたもの。ここでは竹婦人の作詞した『傾城水調子』という曲のこと。岡野知十『玉菊とその三味線』（小田原書店、一九二〇）参照。

▼25 **河東節**　江戸浄瑠璃の流派の一つ。享保二年《一七一七》、十寸見河東《ますみかとう》が江戸半太夫の門から分かれて語り始めた、派手で明るい江戸風の音曲。細棹《ほそざお》の三味線を使用。通人芸となり、今は古曲の一流派。

大意

今となっては昔のことであるが、正徳享保頃、角町の中万字屋に玉菊という遊女がいた。化粧をしなくても天賦の色香が備わっていて、まるで、昔の楊貴妃を思い起こさせるようであった。

玉菊は、何時も出入りしている茶屋はいうまでもなく、他の茶屋や、宴席に連なる芸者に至るまで、いつも惜しみなく充分な祝儀を出していたので、誰しも玉菊の全盛を願っていた。また、幇間や取巻きの者に至るまで、玉菊を慕う者は、その徳に帰服し、吉原五町一番の売れっ子となった。

ところが、六月の初め体調を崩して、そのまま七月の初めに遂に帰らぬ人となった。発病後には医療を尽くしたのだが効果は無かった。まさに楊貴妃が殺された馬塊での事件のようで、その哀しみは断腸の思いであった。放置しておくことも出来ず茶毘に付したが、人々の哀しみは、まるで子を失った親の如くであった。

玉菊の追悼として、親しかった茶屋がその軒先に提灯を灯したのは、平重盛が京都東山に四十八間の御堂を建てて供養したことや、弥陀信仰の四十九院を表したもので、初秋の景観に趣を添え、見物人が大勢来た。翌年の享保元年の初秋には、中之町の家ごとに赤と墨の縞模様を施した提灯を灯したところ、去年より大勢の見物が来た。その後、破笠という者が機関灯篭を発明してから、年ごとにより精巧なものが生み出されている。

さて、玉菊の三回忌には『水調子』という河東節が作られ、吉原中の悲しみを添えることとなった。

補説

玉菊灯篭の話は、多くの文献が記すところであり、広く知られたものであった。
本話に先行する明和五年《一七六八》の『吉原大全』巻三「灯篭の事附河東ぶしの事」(1)に

正徳年中角丁《すみちよう》中万字屋に、玉菊とて全盛の女郎ありけり。つねに出る茶屋《や》はもちろん、その外の茶屋《や》〳〵へも心付等過分にありければ、中の丁にて玉菊《ぎく》を、もて囃《はや》さぬ者はなかりし。玉菊ある夏ふと心地例《れい》ならず打臥《うちふ》し、日《ひ》にまし病重《やまいをも》りて、七月のはじめ遂《つい》に身まかりぬ。よりてかね〴〵懇意にせし茶屋《や》、玉菊が追善のため切子灯篭《きりこどうろう》を見世《せ》へ灯《とも》しけるに、ひとしほ景気《けいき》すぐれて繁盛《はんじやう》せしかば、翌、享保元年茶屋《や》の面々《めん〳〵》云合せ、島の切子灯篭《きりこどうろう》を出す。其頃、破笠といふ細工の名人、機関《からくり》灯篭をたくみ出し、ある茶屋へ贈《おく》るに、めづらしとて見る人夥《おびたゞ》しかりける。是より例となりて、いろ〳〵の物好《ものず》きも出来て、今にいたりては華美を尽《つく》し、見物の人、山をなして、灯篭《とうろう》のうちは、わけて錐《きり》を立《たつ》る地もなし。扨。玉菊三回忌の追善《ついぜん》として、江戸太夫、河丈水調子《でうし》といふ上瑠璃《るり》を作り語《かた》りけり。そも〳〵元祖河東、秘曲をつる蔦や庄次郎表号蘭洲へ伝《つた》へて後、此曲たへず世にもてはやす事になりたり。しかれば吉原に付ては、もとより賞翫の妙曲也、ゆへに今の世も青楼の遊客は此曲をたしなまざるものなし。

とあり、本話で新たに付け加えた情報はないが、沢山の注が必要であったことからも分かるように、実に多くの漢語や中国故事等による修辞が著しく増やされている点に『烟花清談』の特徴が見られる。

このほか、安永九年《一七八〇》の洒落本『玉菊灯篭弁』(2)は「玉菊灯篭の由来を説き、更に遊女玉菊の亡霊現れて現今の吉原を罵倒する筋」(3)で、「中の町で脱《ぬ》いだ小袖を竟《つい》にまた着た事のない女郎すぐに其《その》茶屋へ呉《く》れる」「死亡《むなしく》なると、「吉原中の泪《なみだ》で日本堤《つゝみ》が切《き》れたといふ事。其時田中《たなか》の百性はみな、お助《たす》けに出た」と聞やした」「吉原の事なれば只《たゞ》の白張提灯《しらはりてうちん》も灯《とぼ》されめへから、赤いと墨とでだんだら筋を引て灯《とぼ》したれば、何か見物が出たとおぼしめせ」「「玉菊身まかりし時、年弐十五歳なりとぞ」と、先生のお出しなされた『古今青楼咄《はなし》之画有多《ゑうだ》』にも書ておきなさったではないか」などと、洒落本独特の会話体で記されている。

最後に出てくる『古今青楼噺之画有多《はなしのえうだ》』は、安永九年《一七八〇》刊の版面が草双紙風の洒落本の一節「七月灯篭の事附リ河東ぶしの事」(4)のことである。「玉菊《ぎく》みまかりし時《とき》年廿五才なりけるとぞ。されば浄瑠璃《るり》の文句に「二タおり三おり年《とし》を経《へ》て、云《い》ふた言葉《ことば》を調《しらぶ》れば、泣《な》くよりほかの琴の音も、廿五けんのあかつきに、砕《くだ》けて消《き》ゆる玉菊《ぎく》の」とあり、又鏡《かゞみ》の裏《うら》へ椰木《なぎ》の葉《は》を入そめしも、此遊《ゆふ》女なり。これよりして今世上《せじやう》にても、鏡《かゞみ》の裏《うら》へ椰木《なき》の葉《は》を入ることになれり。右浄瑠璃《るり》のとめに〽椰木《なぎ》の枯葉《かれは》の名ばかりに鏡《かゞみ》の裏《うら》に残《のこ》るらん。梛木《なき》は鏡《かゞみ》に残《のこ》るらん」と語《かた》れり」と浄瑠璃の詞章を紹介している。

この外にも、玉菊に言及する資料は枚挙に遑《いとま》がないが『吉原青楼年中行事』[5]、『北里見聞録《ほくりけんもんろく》』巻四「七月灯篭の事」[6]、『武江年表』[7]などにも見えており、また、考証としては山東京伝の『近世奇跡考』[8]や山崎美成『遊女玉菊考』[9]があり、さらに玉菊を描いた戯作としては十返舎一九『昔語玉菊草紙』[10]や

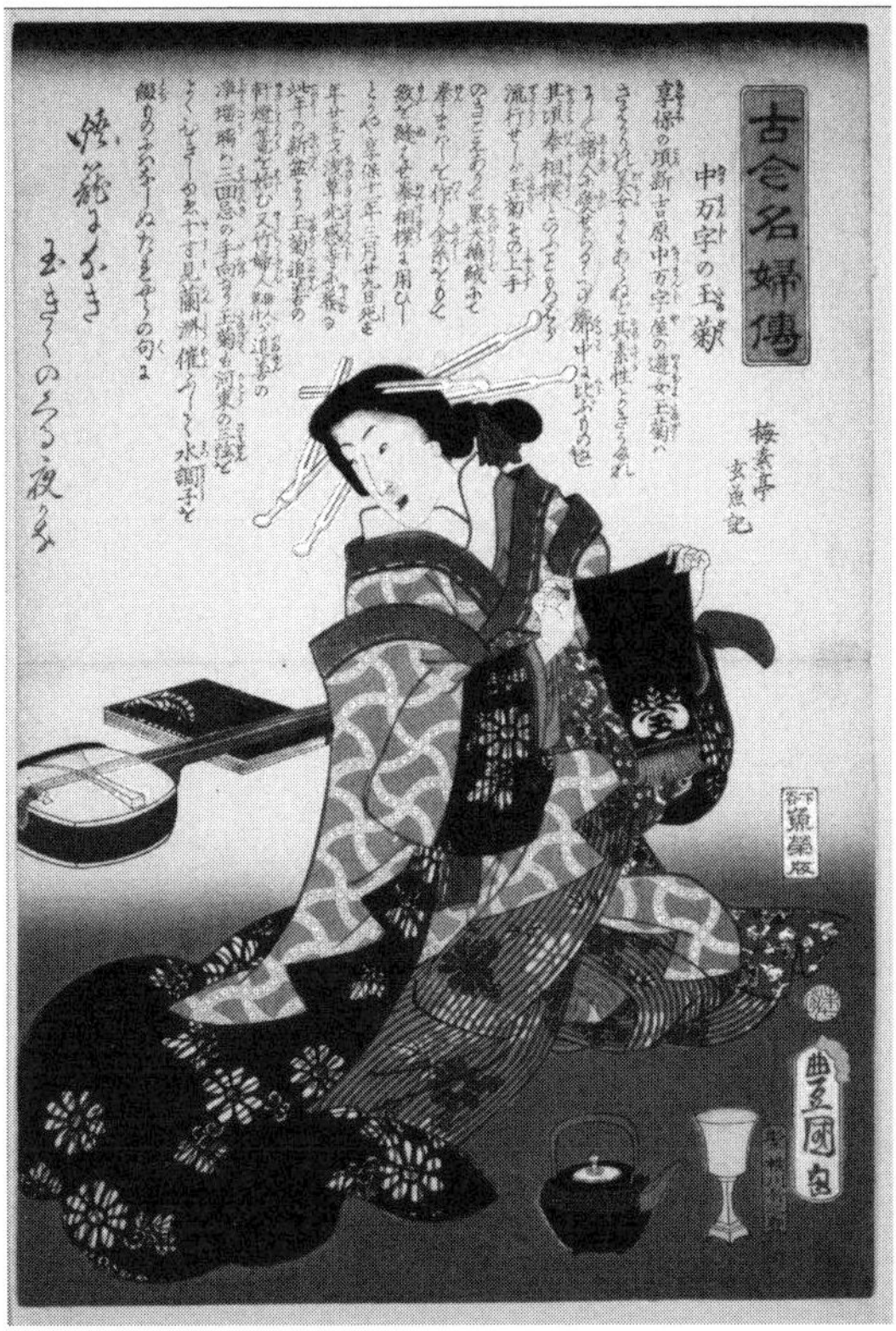

図版 1-7　「古今名婦伝」中万字の玉菊
（豊国画、梅素亭玄魚記、改印［未七改］〔安政六年七月〕、魚栄版）
（国立国会デジタルコレクション https://dl.ndl.go.jp/pid/1305985）

魯文『全盛玉菊譚』(11)、錦城斎貞玉口演の講談『大岡政談 玉菊灯篭』(12)などが知られている。

最後に画像を紹介しておこう。「古今名婦伝」中万字の玉菊（豊国画、梅素亭玄魚記、改印［未七改］〔安政六年七月〕、魚栄版）(13) 図版1-7。

中万字《なかまんじ》の玉菊《たまぎく》

享保《きょうほ》の頃《ころ》、新吉原中万字屋《なかまんじや》の遊女玉菊《ゆうぢょたまぎく》ハ、さばかりの美女《びじょ》にもあらねど、其素性《そのさが》よきうまれにして、諸人《しょにん》に愛《あい》せられるゝ事、廓《くるわ》中に比《くら》ぶものなし。

其頃《そのころ》、拳相撲《けんすもう》ということ、もつぱら流行《りうこう》せしが、玉菊《たまぎく》その上手《しょうず》のきこえありて、黒天鵞絨《くろびろうど》にて、拳《けん》まはしを作《つく》り、金糸《きんし》をもて紋《もん》を縫《ぬ》わせ、拳相撲《けんすもう》に用いしとかや(14)。

享保十一年三月廿九日死《し》す。年廿五才、浅草光感寺《あさくさこうかんじ》に葬《ほうむ》る。此年《このとし》の新盆《にいぼん》より、玉菊追善《たまぎくついぜん》の軒灯篭《のきとうろう》を始《はじ》む。又《また》、竹夫人《ちくふじん》俳人乾什が、追善《ついぜん》の浄瑠璃《じやうるり》ハ三回忌《さんかいき》の手向《たむけ》なり。玉菊《たまぎく》も河東《かとう》の三弦《さみせん》をよくひきしゆえ、十寸見蘭洲《ますみらんしゆう》催《もよ》うして水調子《みづちようし》を綴《とじ》ものにハなしぬ。たれやらの句《く》に

灯篭になき玉きくのくる夜かな

図版 1-8 『東都歳事記』巻三「吉原灯篭」[15]
（国文学研究資料館所蔵：出典：国書データベース https://doi.org/10.20730/200017545）

曲阪長堤
起晩埃
無人不道
観灯回
黄昏火点
家々樹
一夕秋風
花尽開
無名氏

〔補説注〕

(1)『古今吉原大全』、洒落本、明和五年《一七六八》刊（『洒落本大成』第四巻、中央公論社、一九七九）所収

(2)『玉菊灯篭弁』　南陀伽紫蘭《なんだかしらん》（窪田俊満）作。『洒落本大成』十巻（中央公論社、一九八〇）所収

(3)「解題玉菊灯篭弁」　山崎麓解題（『洒落本大系』巻四、林平書店、一九三〇）

(4)『古今青楼噺之画有多』　安永九年《一七八〇》刊の洒落本。本作には改題後印改竄本などが多く書誌事項は大変に複雑である。詳しくは浜田啓介氏による「解題」（『洒落本大成』九巻、中央公論社、一九八〇）を参照。

(5)『吉原青楼年中行事』　十返舎一九、喜多川歌麿画、享和四年《一八〇四》、上総屋忠助板。

(6)『北里見聞録』　写本、寛閑楼佳孝、文化十四年《一八一七》自序、国会図書館・早大蔵。

(7)『武江年表』　年表、斎藤幸成（月岑）編、嘉永二・三《一八四九・五十》、須原屋伊八板。

(8)『近世奇跡考』　山東京伝著、喜多武清画、五巻五冊、文化元年《一八〇四》、瑞玉堂板。『日本随筆大成』第二期六巻（吉川弘文館、一九九七）所収

(9)『遊女玉菊考』『燕石十種』巻「新吉原略説」（中央公論社、一九七九）所収

(10)『昔語玉菊草紙』　合巻、北尾美丸画、文政五《一八二二》刊。

(11)『全盛玉菊譚』　合巻、全四編、歌川国綱画、安政五《一八五八》〜安政七《一八六〇》刊。

(12)『大岡政談玉菊灯篭』　講談速記本。春江堂、一九〇七年刊。

(13)中万字の玉菊　錦絵「古今名婦伝」シリーズのうち。国会図書館デジタルライブラリより。翻刻は表記を改変した。

(14)拳相撲　京伝『近世奇跡考』に「玉菊拳まはし」として「享保中、酒を好む者、拳相撲といふことをして、もつばらはやりけるが、玉菊、その事を上手にせしよし、新吉原小田原屋某、玉菊が手におほひし拳まはしといふものを、今にをさむ。甲かけと云ふもの、ごとく黒天鵝絨《くろびろうど》にてつくり、金糸にて（図略）かくのごとき紋をぬひたり。是かの拳相撲にもちゐたる手おほひなりとぞ」とある。

(15)『東都歳事記』　五巻五冊、齋藤月岑編、長谷川雪旦画、雪堤補画、天保九年《一八三八》、須原屋茂兵衛・伊八刊。

化物桐屋奇怪《ばけものきりやきくわい》之事

今ハ昔《むかし》。揚屋《あげや》町の河岸《かし》に、▼1桐屋《きりや》何某▼2とかや云し娼家《ゆふじよや》ありける。此楼主《このあるじ》抱《かゝへ》の娼婦と密《ひそか》に通《つう》じけるが、初《はじめ》の程《ほど》ハ仮初《かりそめ》の事《こと》なりしが、何時《いつ》の程《ほど》よりか筑波《つくば》山の影繁《かげしげ》く、▼3人目の関《せき》にも掛《かゝ》る程《ほど》なれバ、女房もほと此事《このこと》を知《し》りて、瞋恚《しんゐ》の焔《ほむら》▼4胸《むね》を焦《こが》し、何かにつけて此遊女《ゆふじよ》を憎《にく》み、難波《なには》の浦《うら》ならぬ葦芦《よしあし》▼5に罵辱《のゝしりはづか》しめけるが、猶足《なをたら》ずや有けん。「外《ほか》の娼家《ゆふじよや》へ売遣《うりや》らん」と云しを、楼主《あるじ》ハ是《これ》を許《ゆる》さ〔ざ〕れバ、いよ〳〵瞋恚《しんゐ》弥《いや》まして、後《のち》ハ此遊女《このゆふじよ》を見る目も鬱悒心地《いぶせきこゝち》にて、明《あか》し暮《くら》しけるが、何時《いつ》の程《ほど》よりか思ひの火《ひ》に胸《むね》を焦《こが》し、▼6人しらぬ病《やまい》の床《とこ》に打臥《うちふし》けるが、日増《ひまし》思ひ弥《いや》まし、楼主《あるじ》ハ是を幸《さいわゐ》に、いよ〳〵馴睦《なれむす》びければ、今ハ中〳〵助《たす》かるべくもなく、終《つい》に無常《じやう》の道《みち》におもむきける。

扨《さて》しもあるべきに非《あらざれ》バ、野辺《のべ》の送《おく》りに、▼7人ゝ袖《そで》を絞《しぼ》りける。楼主《あるじ》ハ今更打驚《いまさらうちおどろ》き、仏前《ぶつぜん》には、御灯《みあかし》▼8を照《てら》し、閼伽《あか》の水《みづ》▼9を妻《つま》の位牌《いはい》に供《そな》へ、香花▼10を供《ぐ》し、念仏《ねんぶつ》いとまめやかに唱《となへ》つゝ、「手向《たむけ》し水を取《と》り替《か》えん」とて、見れバ茶碗《わん》に水、少しもなし。「こハそも不思義《ふしぎ》」と水を手向かへ、其夜《そのよ》ハ其侭《そのまゝ》に休《やすみ》ぬ。夜明《よあけ》て又「香花《かうけ》を手向《たむけ》、水むけん」とするに、又水なし。人ゝいよ〳〵不思義《ふしぎ》をなす事、初《しよ》七日まで毎夜変《まいよかは》る事なし。楼主《あるじ》も何とや見《み》ん、気味《きみ》わるく覚《おぼ》へければ、初七日の法事《ほうじ》も、いと念比《ねんごろ》〔に〕弔《とむら》ひけり。

然《しか》りしより後《のち》は、夜更《ふけ》るにしたがひ、何処《いづく》ともなく女のさめ〴〵と泣声《なくこへ》しきりにして、声《こへ》もの悲《かな》しく、姿ハ更に見ゆる事なし。或《あるい》ハ座敷《ざしき》へ出せる盃《さかずき》 硯蓋《すずりぶた》▼11など、蝶鳥《てうとり》▼12なんどの如《ごと》く中を舞《まい》ありく。ある時は銚子《てうし》▼13燗鍋《かんなべ》▼14何処《いづく》ともなく畳の上を走《はしり》。いろ〳〵怪事《あやしき》を見ながらも、煩悩《ぼんのう》の犬▼15立去《たちさ》らず。終《つひ》に彼《か》の遊女《ゆふじょ》を後妻になん定めける。

然《しか》りしより、猶《なほ》さま〴〵の怪多《おゝ》きうち、水無《みな》月の比先妻《ころせんさい》の衣裳《しやう》を「虫干《むしぼし》▼16せん」と、「箪笥《たんす》の引出《だ》しを抜《ぬ》かん」と做《な》しける折から、箪笥《たんす》の内よりも物悲《かな》しげなる声にて「我が衣裳《いしやう》ハ干《ほす》に及《およば》ず」と云へる声《こへ》に、後妻《こうさい》ハ魂消《たまぎ》へ▼17打倒《うちたお》れしを、家内打寄介抱《うちよりかいほう》してさま〴〵いたわるといへども、終《つい》に病《やまい》となりて程《ほど》なく果ぬ。

夫《それ》より無程身上《ほどなくしんしやう》▼18衰《おとろ》へぬ。是を「揚屋町の化《ばけ》物桐屋《きりや》」と其比《そのころ》人ゝ云《いひ》ぬ。

（巻四の一）

〔原文注〕

▼1 **河岸** 江戸新吉原を囲むお歯黒どぶに沿って東西の溝に面した通り。また、そこにある遊女屋。廓内でも下級の店が多かった。河岸店。

▼2 **桐屋何某** 揚屋町の河岸店には桐屋という見世が四軒ほどあったが、短期間で廃業しており特定は難しい。比較的大きな見世だったと思われる桐屋半右衛門などであったか。

▼3 **筑波山の影繁く** 『古今和歌集』一〇九五東歌「筑波嶺《つくばね》の此面《このも》彼面《かのも》に蔭《かげ》はあれど　君がみかげにますかげはなし」に拠る。

▼4 **瞋恚の焔** 激しく恨みや怒ることを炎に喩えていう。

▼5 **難波の浦ならぬ葦芦** 「難波の葦」の葦（良し）に掛けて芦（悪し）と続けたもの。

▼6 **思ひの火に胸を焦し** 悲しみ、怒り、思慕などで燃えたつ心を火にたとえた表現。

▼7 **野辺の送り** 亡骸《なきがら》を、火葬場や埋葬場までつき従って送ること。また、その行列や葬式。とむらい。

▼8 **御灯** 神仏に奉る灯火。おとうみょう。

▼9 **閼伽の水** 仏に供える水。霊前に手向ける水。

▼10 **香花** 仏前に供える香と花。また香花を供えること。六種供養の一つ。華香《けこう》。こうばな。

▼11 **硯蓋** 硯箱のふた。古くは、花、果物、菓子などを載せるのに用いた。

▼12 **蝶鳥** 蝶と鳥。動作が軽やかですばやいさまをたとえていう。蝶鳥の舞。

▼13 **銚子** 注ぎ口のある鍋。さすなべ。

▼14 **燗鍋** 酒を温めるための鍋。多くは銅製で、つるや注ぎ口がついている。

▼15 **煩悩の犬** 煩悩が人につきまとって離れないこと。まとわりつく犬にたとえていう。

▼16 **虫干** 夏の土用の頃などに、書籍や衣類などを日に干し風に当て、黴《かび》、虫食いなどを防ぐこと。風入れ。土用干し。虫払い。

▼17 **魂消へ** 魂消《たまげ》るに同じ。肝をつぶす。驚く。びっくりする。仰天する。

▼18 **身上** 経済状態。暮らし向き。また、財産・資産。

大意

今は昔のことになってしまったが、揚屋町の河岸店に桐屋という遊女屋があった。ここの主人が、抱えている女郎と密通していたが、次第に人にも知られる程の仲になった。二人の関係を知った女房は、激しく女郎を憎んで罵倒したが、それだけでは気が済まず、他の遊女屋へ売ろうとする。が、主人は許さなかったので、ますます怒りがつのり、遂に病気になって寝込んでしまった。主人は、これ幸いと益々馴れ親しむうちに、女房は寝込んだまま病死してしまった。

火葬場への葬列で、人々は嘆き悲しんだ。主人は予想外のことで驚きつつも、仏前に灯明を掲げ、閼伽の水や、香や花なども手向け念仏を唱えて手厚く葬った。供えた水を取り替えようと茶碗を見ると、水が無くなっていた。不思議な思いをしつつ、水を手向けて、その夜は寝た。翌朝、見ると再び水が無くなっている。人々は怪しんだが、初七日まで、毎晩同じように水が無くなっていた。主人は何となく気味悪かったので、初七日の法事も気を遣って丁寧に営んだ。

その後、夜が更けると、何処からともなく女の悲しげな泣き声が聞こえてきたが、姿は見えなかった。また、座敷に出ている盃や硯蓋が、軽やかに空中を飛んだり、銚子や燗鍋が畳の上を走り回ったりと、様々な怪異が起こった。にもかかわらず、諦めきれずに、彼の女郎を後妻として迎えた。

その後も色々な怪異が起こったが、六月になって先妻の衣裳を虫干ししようと、箪笥から出そうとした時、箪笥の中から悲しげな声で「私の衣裳は干す必要が無い」という声がした。これを聞いた後妻は仰天して倒れてしまった。家中の人々が集まって介抱したけれど、遂に病気になってしまい、程なく亡くなってしまった。

それからというもの、店の経営もうまく行かず、暮らし向きが悪くなってしまった。

これを知った人々は「揚屋町の化物桐屋」だと噂した。

補説

残念ながら、本話には典拠となったテキストや類話を見つけることが出来なかった。以降、本書で採り上げた最終話の前までの話も同様に出典は不明。これ以降は創作で埋めたということも確認できないが、不可解ではある。

ただし、本書を書き抜いたと思われる部分を含む幕末の写本が存する。西尾市岩瀬文庫「古典籍データベース」[1]に拠ると、『遊女銘々伝』（一六〇〇－八九）、五巻十一冊、夢中舎松泰編、天保十五年《一八四四》序。内容については「遊郭で遊蕩の限りを尽くした著者が、吉原を中心とした古今の遊女の逸話や遊廓の雑事奇談を、見聞や諸書の記述により綴った雑記随筆」とあり、備考欄に以下の通り第三編の詳細な概要が記されている。

「禿の怪」、元禄年中、京町万字屋の禿勘竹にしか見えない禿が出た奇談。「揚屋の団子」、元禄年中、揚屋町の揚屋海老屋へ田舎風の客人が持参した会津塗の重箱より大量の月見団子を皆に振舞うが、一分金が入っていた話。「幽霊亦七」、揚屋町に住む判人亦七の所に、遊女揚りの女房の幽霊が現れ異名となる。「化物桐屋」、揚屋町河岸の女郎屋桐屋の亭主が抱えの女郎と通じ、嫉妬した女房が病死、その後怪異が起り、後妻とした女郎も死に、化物桐屋と称される。「勝山」、承応頃、京町山本抱の勝山、長崎の客より白頭翁《シマヒヨトリ》を貰うが、籠を開けて放した話。「薄雲」、元禄年中、三浦の薄雲と猫の奇談。

「元禄」と時代を特定してるのが気になるが、明らかに『烟花清談』に基づくものだと思われる。

なお、「翻刻・国立国会図書館所蔵『遊妓銘々伝』(一)」(『遊妓銘々伝』を読む会、「立教大学大学院日本文学論叢」12、二〇一二)に詳細な書誌と解題が書かれており、国会本(一八八一―四九二)が善本であり、岩瀬文庫本と米国議会図書館とは明治期の転写本とある。

〔補説注〕

(1) https://adeac.jp/iwasebunko/catalog/mp01696500

万字屋《まんじや》禿《かむろ》馴ニ怪童一遊《あやしきこどもになれあそぶ》事

今は昔《むかし》、なんならぬ▼1京町に万字屋《や》と云娼家《〔ゆ〕ふじよや》ありける。彼《かれ》がもとに寒竹《かんちく》と云禿《かぶろ》あり。いつしか▼2長月廿日《か》、比世《このよ》の中、物静《しづか》なる比《ころ》。小雨《こさめ》しきりニ降《ふり》、長き夜《よ》のいと淋《さみ》しく、客《きやく》壱人もなく、時雨《しぐれ》をいそぐ▼3風の音信《おとつれ》のみにて、夜も初更《しよかう》の▼4比《ころ》、寒竹《かんちく》ハ用事《じ》ありて、二階《かい》へ行けるに、見馴《みなれ》ざる十あまりなる禿《かふろ》、寒竹《かんちく》が袖を引て、奥座鋪《ざしき》へ伴《ともな》い行ぬ。寒竹《かんちく》も何心なく行しに。かの禿袂《かふろたもと》より小《ちい》さき石《いし》をとり出し。手玉《てたま》はじきなど▼5するまゝ、寒竹《かんちく》も共〻《とも〴〵》遊戯《あそびたはむ》るゝうち、程《ほど》なく見世《せ》▼6より、寒竹《かんちく》を呼《よび》けるまゝ、見世《せ》へ行て姉《あね》女郎の用事を弁《べん》じ、又候《ぞろ》、二階《にかい》へ上リけれバ、階子《はしご》の口《ぐち》に、かの禿待請《かふろまちうけ》て、又〻、寒竹《かんちく》が袖をひかへて、▼7奥座敷《おくざしき》へ伴《ともな》い行ぬ。只ものハ言《い》はずして、石などをとり遊《あそ》び戯《たはむ》るゝ事毎夜《まいよ》なり。後《のち》ハ寒竹《かんちく》も見世《せ》の出るを待《まち》て、かの禿《かふろ》と遊《あそば》ん事を楽《たのし》み、見世《せ》出ぬれバ、かの禿階子《はしご》▼8の口《くち》に待受《まちうけ》て居事常也《いることつねなり》。楼主夫婦寒竹《あるじふうふかんちく》が見世《せ》出ぬると、外《ほか》の禿とかはり二階《かい》へ上る事をいと不審《ふしん》におもひ、或日《あるひ》寒竹《かんちく》に問《と》ひけれバ、「二階へ玉取《たまとり》に行」とことふ。外の子供《ども》は皆《みな》〱下に居《ゐ》るに、「だれを相手《あいて》にするや」と言《い》へバ、過し比《ころ》よりのあらましを語《かたり》ぬ。夫婦《ふうふ》あやしみて鴇母若《やりてわか》い者に付させ見するに、かの禿出る事なし。又〻、寒竹独《かんちくひとり》いたれバ、即《すなはち》出ぬ。客到《きやくいた》れバ出る事なし。

斯《かく》する事一《ひと》とせ斗《ばかり》にして後《のち》、或夜寒竹《あるよかんちく》かの禿が手をとらへ、二階《かい》より引《ひき》おろさんとせしに、かの禿、寒竹《かんちく》か襟《ゑり》へ喰付《くひつき》けるに、寒竹《かんちく》「あつ」とさけび、倒《たをれ》けるに、件《くだん》の禿、何処《いつち》へ行けんかしらず。其声《そのこへ》に驚《おどろ》き、人ゝ立寄《たちより》見れバ、寒竹《かんちく》ハ気《き》を失《うしな》ひけるを、介抱《かいほう》なして、よふ〳〵と人心地▼9なりぬ。少《すこ》しの傷《きず》なれバ程《ほど》なく快《こゝろ》よくなり。成長《せいてう》して猶又勤《なをまたつとめ》居《お》れり。

（巻四の二）

〔原文注〕

▼1 なんならぬ　未詳

▼2 いつしか　ある時が特定できないことを表わす。何年のことであったか。

▼3 時雨をいそぐ　謡曲『紅葉狩』「時雨を急ぐ紅葉狩り」

▼4 初更　一夜を五分した最初の時刻。現在の午後七時から九時頃。また、午後八時から一〇時ともいう。戌《いぬ》の刻。初夜。甲夜。

▼5 手玉はじき　遊戯の「おてだま」「おはじき」。

▼6 見世　遊廓で、一階にある遊女が遊客を誘う座敷。道路に面し格子構えをしている。張見世。

▼7 袖をひかへて　袖を引っ張る。つかまえる。

▼8 階子　階段。きざはし。

▼9 人心地　生きているという感じがもどってくる。正気・常態にかえる。ひとごころつく。

大意

今は昔のことになってしまったが、吉原の京町に万字屋という遊女屋があり、そこに寒竹《かんちく》という禿《かぶろ》がいた。何年か前の九月二十日のことであった。世間は物静かで、小雨そぼ降る長き晩は物寂しく、客は一人も来ずに、ただ風の音ばかりが聞こえた。夜の九時過ぎになって、寒竹は用があって二階へ上がると、見慣れない十才くらいの禿が袖を引っ張って奥座敷へ誘った。何となく付いていくと、その禿は袂から小さな石を取り出して「おはじき」を始めたので、寒竹も一緒になって遊んでいると、一階から呼ばれた。姉女郎の用事を済ませて、また二階へ上がると、階段で例の禿が待ち受けていたので、一緒に奥座敷に行き遊んだ。不思議なことに話はしないのであるが、毎日のように一緒に遊ぶようになり、見世の用事が終わると、寒竹も一緒に遊ぶことを楽しみにするようになり、例の禿も毎日階段の所で待っているようになった。

主人夫婦は、見世が終わると、寒竹が他の禿とは別に一人で二階へ登るのを不審に思って理由を尋ねると、「二階へ玉取りをしに行く」という。「他の禿たちはみんな一階に居るのに、誰と遊んでいるのか」と聞くと、寒竹は先達てからの次第を話した。主人夫婦は不思議に思って遣手や若い者に様子を探らせるが、例の禿は姿を見せない。ただ、寒竹一人の時、客のいない時だけ姿を現した。

一年ほど経った頃、寒竹が例の禿の手を引いて一階へ連れて行こうとすると、寒竹の襟に噛みついてきた。寒竹が「あっ」と叫んで気絶したので、人々が驚いて集まってくると、彼の禿は姿を消していた。人々の介抱で寒竹は息を吹き返した。傷は浅かったので直ぐに治った。その後、寒竹は何事もなく成長して、今も万字屋に勤めている。

大上総屋《おほかづさや》常夏《とこなつ》執念《しうねん》其巻《そのまき》が勇気《ゆふき》之事

今ハ昔《むかし》正徳《しやうとく》▼1の比《ころ》かとよ、江戸町壱丁目。上総屋《かづさや》▼2に、常夏《とこなつ》其巻《そのまき》と云娼婦《ゆふくん》あり。互《たがい》に其全盛《そのぜんせい》を争ひて、其中睦《そのなかむつまし》からず。たとへバ両雄《りやうゆふ》の並立《ならびた》ゞざる▼3がごとし。然《しか》るに、いつの比《ころ》よりか常夏《とこなつ》、心地《こゝち》煩《わづらは》しく、病《やまひ》の床《とこ》に臥《ふし》けるが、逐レ日《ひをおつて》顔色《がんしよく》おとろへ、医療《ゐりやう》しるしなく、終《つい》に朝《あした》の露《つゆ》▼4と消《き》へける。野辺《のべ》の送《おく》りいと念頃《ねんごろ》にとりまかない、悔《くやみ》て帰《かへら》ぬ事《こと》を云あへりて、妹女郎《いもとじよらう》は、親《おや》はらからに別《わかれ》し思ひをバなしけり。

扨《さて》、其巻《そのまき》ハ、ありしにまさる全盛《ぜんせい》、日に増《まし》て、家内《かない》のもちひもいちるく、常夏《とこなつ》が、棲《すみ》し座敷《ざしき》を普請《ふしん》▼5きよらかにして、其巻《そのまき》ハ彼処《かしこ》へ移《うつ》りぬ。しかるに、其巻《そのまき》が方《かた》へ客来《きやくきた》り、盃《さかづき》始《はじま》らんとする時《とき》、天井《てんじやう》よりはら〱と落《おつ》るものあり。禿《かぶろ》若い者ハ立《たち》より見るに、蠁子《さし》▼6と云虫《むし》なり。「是ハ、天井《てんじやう》に鼠《ねずみ》、又ハ猫《ねこ》などの死骸《しがい》あるべし」とて、明《あけ》の日人を登《のぼ》せて、天《てん》井《じやう》を見さしめるに、かつて何▼7の子細《しさい》もなし。又候《ぞろ》、其夜《そのよ》も客来《きやくきた》りけるに、銀燭《ぎんしよく》▼8の光《ひかり》いと照《てり》わたる中へ、天井《てんじよう》より又、はら〱と落《おち》ぬ。彼是《かれこれ》よりて取捨《とりすて》ぬれハ。又しばらく有《あつ》て落《おち》ぬるまゝ。翌日《よくじつ》ハ、天井《てんじやう》を取放《とりはな》し見れども子細《しさゐ》なし。又の夜《よ》も怪《け》しからず落《おち》▼9けるまゝ、今ハ詮方《せんかた》なく祈禱《きとう》の札《ふだ》、鳴弦《めいげん》の守《まもり》を張置《はりおき》けれバ其後《そののち》ハ子細《しさゐ》もなかりける。

然《しか》ある後《のち》。水《み》無《な》月《つき》も過《すぎ》、文月《ふみ》もはや半過《なかばすぐ》る比《ころ》、雨《あめ》いと静《しづか》に降《ふり》ける夜。其巻《そのまき》がもとへ客来《きやくきた》りて、二更《にかう》の▼10頃帰《ころかへ》りけれバ、座敷《ざしき》もいと寂寞《せきばく》として、物淋《ものさみ》しく、独灯火《ひとりともしび》のもとに文したゝめて、夜の更《ふく》るをもしらず。四面虫《しめんむし》の声《こゑ》のみにして、窓打《まどうつ》雨の音のみ聞《きこ》ゆ。其巻《そのまき》ハふとかたはらを見れバ、過去《すぎさり》し常夏《とこなつ》が面影《おもかげ》、忽然《こつぜん》とあらはれ、其巻が顔《かほ》を、つく〴〵と打守《うちまも》り居ける。其巻《そのまき》、心におもふにハ。日比《ひごろ》むつまじからざる常夏《とこなつ》が、忘執《もふしう》に引され来りしものならん。人の咄《はなし》つたふるハ、「斯様《かよふ》なる物に負《まけ》るときハ、「我《わが》命を失《うしな》ふ」と聞《きゝ》しや」と文書《ふみかき》さして▼11こなたよりも、常夏《とこなつ》が顔《かほ》をつく〴〵と見詰《みつめ》居けれバ、其勇気《そのゆふき》にや気を奪れけん、次才に常夏《とこなつ》ハ、跡《あと》へじさり▼12けるまゝ、其巻《そのまき》ハ段ゝと顔を見詰て、じり〴〵とつけて見けるまゝ、終《つい》に姿《すがた》ハ陽炎《かげろふ》の、幻《まぼろし》のごとく消《きへ》ける。夫《それ》よりして後は怪事《あやしきこと》なかりける。

（巻四の六）

〔原文注〕

▼1 **正徳**　一七一一～一七一六年。

▼2 **上総屋**　大上総屋と称されていた上総屋治右衛門。

▼3 **両雄の並立ざる**　力の匹敵する二人の英雄が同時に出現すれば、必ず争いになり、どちらかが倒れるものである。

▼4 **朝の露** 朝、草葉などに付く露。朝露。消えやすいところから短くはかない人生のたとえ。

▼5 **普請** 家を建築したり修理したりすること。建築工事。

▼6 **蠁子** 小さな蛆《うじ》。ショウジョウバエの幼虫など。また、羽化して飛びまわる成虫。

▼7 **かつて** ある事実が、ほんの少しも実現しないという、否定を表わす。全然。少しも。

▼8 **銀燭** 銀製の燭台。また、光の美しく照り輝くともし火のたとえ。華燭。

▼9 **怪《け》しからず** 不都合なこと。あるまじきさまであること。

▼10 **二更** 一夜を五等分した第二の時刻。現在のおよそ午後九時から十一時頃に当たる。また、午後十時から午前零時頃に当たるともいう。

▼11 **書さして** 書くのを止めて。

▼12 **跡へじさり** 後退《あとずさ》りする。

大意

今は昔のことになってしまったが、正徳の頃であったろうか。江戸町一丁目の上総屋に常夏《とこなつ》と其巻《そのまき》という二人の遊女がいた。互いに全盛を競っており、仲が悪かった。何時の頃からか、常夏の具合が悪くなり寝込んでしまったが、日に日に衰えていき、遂に死んでしまった。手厚く葬ったのであるが、妹女郎たちは、まるで親を失ったような悲しみを味わった。

さて、常夏亡き後の其巻は一人で全盛を欲しいままにし、常夏が使っていた座敷を改装して其処へ移った。客がその座敷へ来て酒宴を始めようとしたとき、天上からハラハラと落ちるものがあった。

禿や若い者が良く見ると、それは蛆虫《うじ》であった。「天井に鼠か猫などの死体があるのだろう」と、翌日調べてみたが異常は無かった。その日も客が来たが、やはり天井からハラハラと蛆虫が落ちてきたので、集めて捨てた。しかし、しばらくすると又落ちてきたので、次の日は天井板を剥がして徹底的に調べてみたが、異常は見付からなかった。仕方が無いので、霊験あらたかなお札やお守りを貼ってみたら、その後は蛆虫は落ちてこなくなった。

そののち、六月も過ぎ七月の半ば過ぎ、雨が静かに降る晩のこと、客が来て夜の十時過ぎに帰った。人の居なくなった座敷はもの寂しく、灯下で手紙を書いていたが、虫の啼く声と窓打つ雨音だけが聞こえていた。其巻がふと傍らを見ると、忽然と生きていた時の常夏が現れ、其巻が顔をつくづくと見つめているではないか。ふだん仲の良くなかった常夏が、妄執に引かれて来たのであろう。人の話に拠れば「亡者に負ける時は命を失う」というので、書いていた手紙を中断し、此方からも常夏の顔をつくづくと見つめると、その気勢に気圧《けお》されて、常夏は次第に後退りした。其巻は余勢を駆ってさらににじりじりと見つめると、ついに姿は陽炎のように消えてしまった。此事があってからは、怪異現象は起きなくなった。

松屋《まつや》八兵衛欺《きやくをあざむき》レ客之奪《かねをうばふ》レ金事

今は昔《むかし》、松屋《や》八兵衛と云牽頭《たいこもち》有《あり》。或日《あるひ》、揚屋《あげや》海老屋《や》▼1にて、何某《なにがし》とかや云し客、末社《まつしや》牽頭《たいこもち》大勢集《おおせいあつめ》て遊びけるが、酒闌《さけたけなは》なる比《ころ》、大成《おおきなる》水鉢出《いで》けるを、客《きやく》ハこの鉢の水をこぼさせ、水油を▼2八分《ふん》目入《いれ》させ、扨《さて》金子百両《りやう》を、かの鉢《はち》へ入《いれ》、勝手《かつて》より組箸《まなはし》▼3を取寄《よせ》、茶屋《や》舟宿《ふなやど》▼4ハ云《いふ》に不及《およばず》、牽頭《たいこもち》、若《わか》い者に至《いたる》まで、呼集《よびあつめ》、「組箸《まなはし》にて、件《くだん》の小判をはさみ取べし。取得《ゑ》ざるものハ、罰酒《ばつしゆ》▼5を飲《のま》しめ、取得《とりゑ》し者ハ、とく分《ふん》▼6」と云わたし、皆ゝ《みな〱》喜悦《きえつ》の眉《まゆ》をひらき、▼7「我《われ》とらん。人取《と》らん」とて、挾《はさめ》ども、はさめども、水際近《ぎわちか》くなるまゝに、小判ハすべり落《おち》、皆ゝ《みな〱》笑壺《ゑつぼ》に入▼8にける。

客《きやく》ハ是《これ》を肴《さかな》に一汐興《しほきやう》に乗《じやう》じける。松八は、「何卒《なにとぞ》これを挾取《はさみと》らん」と工《たくめ》ども、手震拳《ふるひこぶし》も定《さだま》らず。其内《そのうち》壱両、よふ〱取得《ゑ》し者有《あり》。小判を紙に包《つゝみ》、「なをも取らん」と挾ける。松八ハ、未《いまだ》一両《りやう》も取得《とりゑ》ざれバ、いとゞ思《おも》ひを焦《こか》しつゝ、「とやせん、かくかくや」と、心をくるしめるを、客《きやく》ハいよ〱ゑつぼに入て、酒闌《さけたけなは》に及《およひ》ける。

松八ハ無念《むねん》さあまり、腹立顔《はらたちがほ》に座を立《たち》しを、座中ハ「どつ」と興《きやう》じつゝ、猶ゝ《なを〱》興《きやう》を催《もよを》す折《おり》から、襖障子《ふすませうじ》にわかに響《ひゞき》、震動《しんどう》する事《こと》おびたゝし。人ゝハ肝《きも》を消《けし》、「こハけしからぬ事」

と思《おも》ふうち、家鳴《なり》しきりにして、怪しき姿ぞ顕《あらは》れける。惣身《そうみ》ハ真黒《まつくろ》にして、眼《まなこ》ハ星《ほし》のごとく、椽《ゑん》の下《した》より這出《はいいで》つゝ、座中《ざちう》を白眼《にら〔め〕》ハ、人ゝ「わつ」と魂消《たまき》るうち、「我《われ》ハ是《これ》、松八《まつはち》が忘執の金ゆへ、迷《まよ》ふ一念《いちねん》ぞ」と、件《くだん》の鉢《はち》へ両手《りやうて》を入《いれ》、金子を不残奪取《のこらすうばいとり》、椽《ゑん》の下《した》へぞ入《いり》にける。有合者《あるあふもの》ハ云《いふ》に不及《およばず》、たれ壱人起居《おきゐ》る者もなく、皆ゝ《みなく》腹《はら》をかゝへ、笑壺《ゑつぼ》の会《くわい》▼9に入にける。

（巻四の七）

〔原文注〕

▼1 **揚屋海老屋** 海老屋治《次》右衛門か。
▼2 **水油** 液状の油の総称。頭髪用の椿油や灯火用の菜種油など。
▼3 **俎箸** 魚を料理するときに用いる長い箸。
▼4 **舟宿** 船で吉原に通う客の送迎をする家。
▼5 **罰酒** 勝負の敗者や約束に反した者に、罰として酒を飲ませること。また、その酒。罰杯。
▼6 **得《とく》分** 自分のもらう分。とりぶん。わけまえ。
▼7 **喜悦の眉をひらく** 顔に喜びを浮かべる。非常に喜ぶことをいう。
▼8 **笑壺に入る** 思わず笑い出したい気持になり、その気持をおもてに現わして大いに笑い興ずる。多く、大勢の場合にいう。
▼9 **笑壺の会** 居合わせている人たち全員が笑い興ずる集まり。満座笑い興ずること。

図版 1-9 〈挿絵第五図〉

大意

今は昔のことになってしまったが、松屋八兵衛という幇間がいた。ある日、揚屋の海老屋で、何某という客が末社や幇間など大勢集めて酒宴を催していた。宴半ばに、大きな水が入った鉢がでてきたので、その水を捨てさせた上で油を八分目ほど入れさせ、百両の小判を鉢の中に入れ、台所より菜箸を取り寄せ、揚屋中に居た茶屋や舟宿、幇間や若い者に至るまで呼び集め、「菜箸で小判を取ってみろ。取れなければ罰酒を呑ませる。取れた者には小判を遣る」といった。その場の皆は喜んで挑戦したが、最後のところで小判が滑り落ちて旨く取れないので、大笑いをしていた。これを見て客は興に入っていたが、皆が失敗する中、ひとりだけ旨く取った者がいた。松屋はどうしても取れないので、向きになって色々と策を練ったが旨く行かず、腹立ち顔で座を立ったところ、皆々がどっと笑って座が盛りあがった。

その時、突然に襖や障子が音を立てて振動した。人々は肝が潰れ、大変なことになったと思っていると、今度は家全体が振動して、全身が真っ黒で目がギラギラ光る不審な姿の者が床下から現れ、人々を睨み付けると「私は松八が金に迷った妄執の化身だ」と、油の入った鉢に両手を入れて残った小判を全部奪って椽の下に消えていった。だが、その場の人々は誰も起き上がって追う者もなく、全員が腹を抱えて笑い転げたということだ。

女衒《ぜげん》亦七《またひち》幽魂《ゆふこん》に契《ちぎる》事

今ハ昔《むかし》、揚屋《や》町に又七と云る女衒《ぜげん》▼1ありける。もと京町二丁目に住《すみ》し比《ころ》、年季《ねんき》▼2の明《あけ》ける遊女《ゆふじよ》有けるが、かの女子遠國《ゑんこく》の者にや有《あり》けん、親兄弟《おやはらから》も無かりけるや、誰世話《たれせは》する人もなく、又七が方に居ける。「何処《いづく》へも相応ならん方へ嫁し遣はさん」と思ふうち、又七も独身《ひとりみ》の閨淋《ねやさみ》しく、何時《いつ》となく人しらぬ中に、雲雨《うんう》の情《じやう》▼3をこめ、忍《しの》びぐにかたらひける。然《しか》るに、此《この》女、ふと煩出《わずらひいだ》せしが、終《つい》にはかなくなりにける。又七も今更不便《いまさらふびん》におもひて、無骸《なきがら》ハ自《みづから》の寺《てら》へ送《おく》り、一掬《いつきく》の塚《つか》▼4のぬしとハなしぬ。誰《たれ》吊《とむらふ》人もなければ、跡念比《あとねんごろ》に吊《とむら》ひ、初七日の法事《ほうし》もまめやかに勤遣《つとめつかは》しける。

去る者ハ日にうとき習《なら》ひ▼5にて、今ハ思《おも》ひも出《いだ》さす。日数《ひかず》へけるに、ある夕暮《ゆふくれ》の事《こと》なるに、又七ハ転寝《うたゝね》の夢《ゆめ》をむすび少しまどろみしが、しきりに悪寒《おかん》の気味《きみ》つよく、ふと目《め》を覚《さま》して見けるに、枕元《まくらもと》に忽然《こつぜん》と件《くだん》の女、世《よ》にありし姿《すがた》にて居《すは》り、又七が顔《かほ》つくぐ打守《うちまもり》泪《なみだ》ぐみてぞ居《ゐ》けり。又七ハもとよりも剛気《がうき》の生質《むまれつき》にて、「狐狸《きつねたぬき》の所為《しよい》ならん。よきなぐさみ」と思ひ。煙草《たばこ》くゆらせて詠居《ながめゐ》けるに、少しも構《かま〔は〕》はず終夜互《よもすがらたがい》に向居《むかいゐ》けるが、暁近《あかつきちか》くなる比《ころ》、勝手《かつて》の方《かた》へ出《いで》しが、いづち行《ゆき》けん見へずなりぬ。

又七も終夜寝《よもすがらね》もやらざれば、其日は労《つか》れ、終日休《しうじつやすみ》て、暮比起《くれごろおき》出て心《こゝろ》ざす用事《よふじ》とりまかなひつゝ、初更《しよかう》▼6の比我宿《ころわがやど》へ帰《かへ》り。戸《と》ぼそ押明《おしあけ》見てあれバ、いつの比来《きた》リけん。又件《くだん》の女来《きた》リ居《ゐ》ける侭《まゝ》、「今宵《こよひ》ハ是非《ぜひ》狐狸《きつねたぬき》の正体《しやうたい》を見顕《みあらは》しみん」と思ひ、何心《なにこゝろ》なき体《てい》にて内《うち》へ這入《はいり》ハ、女ハさしうつむきて居《ゐ》けるまゝ、「こなたへ来《きた》リ候へ」とて。手《て》を取《とり》けるに、其手《そので》の冷《ひやゝか》なる事《こと》、玄冬《げんとう》に氷《こおり》を握《にきる》がごとし。さしもの又七も心おくれて、持所《もつところ》の手《て》を放《はな》し、色ゝ《いろ〱》と様見《ためし》るに、外《ほか》に可怪事《あやしむべき》も見へず。食餌《しよくじ》を進《すゝめ》るといへども、手《て》にもふれず。もの云挨拶《いゝあいさつ》するも平日《へいじつ》のごとく、変《かはる》る事なし。其夜《そのよ》も暁近《あかつきちか》くいづちへか出けん、姿《すがた》を見失《みうしな》ひけるまゝ、来《く》る夜《よ》ハ宵《よひ》より待《まち》けるが、又二更《にかう》の比来《ころきた》れり。今宵《こよい》ハ魚物油揚《ぎよるいあぶらげ》の類を多焼《おゝくやき》て、鉢《はち》に入《いれ》、酒《さけ》などあたゝめて、もてなすといへども、一向口《いつかう》もとへも寄《よせ》ず。せん方なきまゝ、捕《とらへ》んとするに、煙《けぶり》をつかむか如《ごと》く、其姿《そのすがた》消《きへ》もやらず、端然《たんぜん》として在《あり》。今《いま》ハます〳〵詮《せん》方《かた》なく。社家《しやけ》▼7山伏《やまぶし》▼8を招《まねひ》て、盤若理趣分《はんにやりしゆふん》▼9のくり、或《あるひ》ハ鳴弦《めいげん》▼10の札《ふだ》、陀羅尼《だらに》の神呪《しんじゆ》▼11を唱《となふ》れど、露《つゆ》しるしもなし。

後《のち》ハ隣《となり》の人ゞも是《これ》を知《し》りて、或《あるひ》ハ壁《かべ》を穿《うがち》て、覗見《のぞきみ》れども、曽《かつ》て容《かたち》を見る事なく、又七のみ独灯火《ひとりともしび》の本《もと》にて、人にむかいて咄《はな》せる容斗《かたちばかり》にて、更《さら》に一物《いちもつ》の眼《まなこ》にさへぎるものなし。

斯毎夜来《かくまいよきた》る事《こと》一月ほどにて、祈念祈禱《きねんきとう》も更《さら》に験《しる〔し〕》なし。しかるに或老女《あるろうじよ》のおしえけるハ、「幽魂《ゆふこん》の罪障《ざいしやう》ふかきには、智識《ちしき》の十念《じうねん》▼12、又ハ血脈《けちみやく》▼13などこそしるしハあるものなり。我《わが》方《かた》に祐天和尚《ゆふてんおしやう》▼14の名号《めいがう》▼15一幅《いつふく》あり。是《これ》をかしまいらせんまゝ、今宵試《こよひこゝろみ》給へ」とてあたへけるまゝ、又七ハ是を授《さづか》り、日《ひ》の暮《くれる》をまちけるに。又例《れい》の女来りける侭《まゝ》、又七ハ件《くだん》の名号《がう》を紙よりにて▼16紐《ひも》を付、首《くび》へかける様にこしらへ置けるを、彼女《かの》が襟《ゑり》へかけければ、姿ハ煙の散《さん》ぜる如《ごとく》、彷彿として忽消《きへ》ぬ。明《あけ》の夜ハ来るかと思へバ来らず。あまりの不思義さに、翌朝《よくてう》旦那寺に至《いたり》、和尚《おしやう》に右之《の》あらまし物語をなし、塚を見れバ、石塔《せきとう》に件《くだん》の名号を懸《かけ》て有けるまゝ、其侭《そのまゝ》に又葬《ほうむり》、跡念比《あとねんごろ》に弔《とむら》ひ遺しける。

夫《それ》よりして何の怪事《あやしき》も無かりけり。人ゝ又七を呼《よん》で。「幽霊《ゆふれい》又七」と異名《いめう》なしけり。（巻五の一）

〔原文注〕

▼**1 女衒**　女を遊女屋、旅篭屋などに売ることを業としたもの。遊女奉公で、遊女屋と女の親元との仲介に当たるが、女を誘拐し売りとばすことなどもあり、悪徳の商売とされた。遊女奉公の証文に印判をおすので、判人《はんにん》ともいう。

▼**2 年季**　年季奉公のこと。奉公する約束の年限。雇用契約によって定めた奉公の期間。

▼**3 雲雨の情**　男女の交情。巫山の夢。中国の戦国時代、楚の襄王がある時、朝には雲となり夕べには雨になるという巫山《ふざん》の神女を夢みて、これと契ったという故事による。

▼**4 一掬の塚**　小さな墓。

▼**5 去る者ハ日にうとき習《なら》ひ**　死んだ者は、月日がたつにつれて忘れられていく。転じて、親しかった者も、遠く離れてしまうと、しだいに親しみが薄くなる。

▼**6 初更**　一夜を五分した最初の時刻。現在の午後七時から九時頃。また、午後八時から十時ともいう。戌《いぬ》の刻。初夜。甲夜。

▼**7 社家**　神主。神官。

▼**8 山伏**　修験道の宗教的指導者。山野に伏して修行し験力を得た宗教者。

▼**9 般若理趣分**　玄奘訳、『大般若波羅蜜多経』第十会理趣分のこと。

▼**10 鳴弦**　弓に矢をつがえず、張った弦を手で強く引き鳴らして、その音によって妖怪・悪魔を驚かし、邪気・穢れを払うこと。弦打《つるうち》・弓弾ともいう。

▼**11 陀羅尼の神呪**　梵文《ぼんぶん》を翻訳しないままで唱えるもので、不思議な力を持つものと信じられる比較的長文の呪

文。陀羅尼呪。呪。

▼12 智識の十念　人を仏道に導く正しい知恵と判断を備えた人（善知識）が南無阿弥陀仏《なむあみだぶつ》の念仏を続けて十回唱えること。

▼13 血脈　教理や戒律が師から弟子へと代々伝えられることを血のつながりにたとえた語。

▼14 祐天和尚　江戸時代中期に活躍した浄土宗の高僧で、将軍から庶民に至るまで、生仏として尊敬された。

▼15 名号　仏菩薩の名。名字。また「阿弥陀仏」の四字、または、「南無阿弥陀仏」の六字などをいう。

▼16 紙より　細長い紙を、指先でよって糸のようにしたもの。紙縒《こよ》り。

大意

今は昔のことになってしまったが、揚屋町に又七という遊女斡旋業者がいた。京町二丁目に住んでいた頃、年季奉公の期限が切れた遊女がいたが、地方の出身らしく、面倒を見るものが居なかったので、取り敢えず又七の家に同居していた。何時か適当な人と結婚させようと思っていたが、何時の間にか深い仲になってしまっていた。

ところが、女は病気に罹って、そのまま死んでしまった。又七は不憫に思って、寺に送って小さな墓を建てた。その後も丁重に菩提を弔い、法事もすませた。

その後月日が経つにつれて忘れていたが、ある夕暮れ、居眠りをしていたら悪寒がするので、ふと目を覚ますと、枕もとに忽然と彼の女が座って居て、又七の顔をみて涙を流していた。又七は剛気の生まれ付きなので「どうせ狐か狸の仕業だろう」と煙草を吸いながら眺めていて、夜明けまで向かい合っていたが、女は夜明け近くに台所に立って、そのまま見えなくなった。

又七は次の日は疲れて、夕方まで寝ていたが、それから外出して用事を片付け、夜の九時頃戻ってくると、また例の女が来ている。「今夜こそ正体を見定めてやろう」と、何時も通りに振る舞っていると、女がうつむいたまま「此方へ来て」といって手を取るのであるが、その手の冷たいことといったら、まるで氷を握るようであった。さすがの又七も気後れして手を離した。食事をすすめても手を付けなかったが、その他のことは普段と変わらず、別に怪しい点もなかった。その夜も夜明け近くになると、どこかに消え去った。

次の夜も、夜の十時頃に来た。その夜は、魚や油揚などを焼いて酒も用意してもてなしたが、手を付けようとしなかった。仕方なく、捕まえようとすると、煙を掴むようで手応えがないけれど、姿は消えずにそのまま座っていた。

もう対策の仕様がなく、神主や山伏を呼んで、般若経の祈禱や、あるいは弓の弦をかき鳴らす邪気祓いや、陀羅尼経の呪文を唱えるなどしてみたが、効き目は一切無かった。後には隣人も知るところとなり、壁に孔を空けて覗いてみたが、又七だけが誰かと話している様子ではあるが、女の姿は眼に入らなかった。祈念も祈祷も全然効き目が無く、それから一ヶ月ほどの間、夜ごとに女が訪れた。

ある老女が、「幽魂の罪障が深い場合は、善知識の十念か高僧の血脈に拠らないと効果が無いと聞く。此処に祐天上人の名号を記した掛け軸があるので、貸してあげよう」というので、又七はこれを

図版 1-10 〈挿絵第六図〉

授かり、紙縒《こより》で紐を作って頸に掛けられるように準備して日が暮れるのを待った。すると例の女が訪れたので、用意した名号を彼女の襟に懸けると、たちまち姿は消えてしまった。次の晩も来るかと思っていたら、訪ねてこなかった。余りに不思議なので、翌朝檀那寺を訪ねて和尚に顛末を話し、墓を見ると石塔に例の名号が掛かっていたので、そのまま葬り、丁寧に追善供養をした。

その後は特に怪しいことは起こらなかった。人々は又七のことを「幽霊又七」と呼ぶようになった。

橋本屋《はしもとや》紅《くれない》が横死《わうし》之事 付 雲中子《うんちうし》因果《ゐんぐわ》を悟《さとる》事

今ハ昔《むかし》、享保比《ころ》[1]、角町《すみちやう》橋本屋《や》[2]に、紅《くれない》と云し娼婦《ゆふくん》あり。かれが方へ何某《なにがし》とかや云し侍《ものゝふ》の、深《ふか》く馴染《なじみ》、陌頭《はくとう》の楊柳《ようりう》[3]も、日毎《ひごと》に折尽《おりつく》す斗《ばかり》にかよひ、互《たがい》に膠漆《かうしつ》の契《ちぎり》[4]ふかく、「末《すへ》の松山《まつやま》波こさじ」[5]と。月雪花《つきゆきはな》[6]の夕《ゆふべ》にも、比目鴛鴦《ひもくゑんおう》を羨《うらやみ》[7]、年《とし》を重《かさね》て通ふほどに、父《ちゝ》が筐裏《きやうり》[8]をも虚《むなしく》するに至《いた》り。終《つひ》に二人の進退《しんたい》も詮方《せんかた》なく、今《いま》ハ黄金用尽《おうごんもちひ》て後《のち》、交疎《まじはりうと》き世の習ひ、鴇《やりて》若《わか》い者《もの》に至《いたる》まで、疎〻《うと〳〵》敷挨拶《しきあいさつ》[9]に、二人はいよ〳〵、「ます花《はな》の散《ちり》ての名《な》こそ芳《かう》ばし」[10]と、よしなき若気《わかけ》の不了簡《ふりやうけん》に、未来《みらい》の契《ちぎり》[11]を誓《ちかひ》つゝ、「利剣則是弥陀号《りけんそくぜみたがう》」[12]と、紅《くれない》が胸《むね》のあたりを刺通《さしとを》し、「南無《なむ》」と斗《ばかり》を此世《このよ》の名残《なごり》、終《つひ》にはかなくなりにけり。何某《なにがし》ハ紅《くれない》が死顔《しにがほ》つくり、[13]枕《まくら》に臥《ふさ》せ、「我身《わがみ》も共《とも》に一蓮侘生《いちれんたくしやう》[14]。南無阿弥陀仏《なむあみだぶつ》」と刃逆手《やいばさかて》に取直《とりなを》し、咽《ふへ》のあたりを掻切《かきゝり》しが、愛着《あいじやく》の念《ねん》にや、心《こゝろ》おくれけん[15]。手《て》の内狂《うちくる》ひて突損《つきそん》じける。

折《おり》から寝《ね》ずの番《ばん》、「行灯《あんどう》の油継《つ》ぎ足《た》さん」と来るゆへ、手早《てばや》く懐釼《くわいけん》とり隠《かく》し、「酒一ッ呑《たべ》んまゝ、燗《かん》して給へ」と望《のぞみ》けるに、不寝《ねず》の若い者ハ銚子《てうし》携《たづさ》へ座敷を立バ、又〻「死《しな》ん」と思ひしが、紅《くれない》が死顔を見れバ見るほど気味《きみ》わるく、其上最前突損《さいぜんつきそん》ぜし、咽《のんど》の痛《いたみ》つよく、今ハ中〻死気も失《うせ》し。かきほどひて咽《のんど》をつゝみ、「此場《このば》を何卒立退《なにとぞたちのか》ん」と、心遣る其折から、門の戸けわしく打敲《うちたゝき》、奥座敷《おくざしき》へ舟宿よりの迎来《むかいきた》りけるに、大勢《ぜい》一座の客一群《ひとむれ》に帰《かへ》る様子なれバ、是幸《これさいわ》ひ身拵《みこしらへ》して。其中へ紛《まぎ》れ入《いり》、早ゝ立出我家《たちいてわかや》へ帰《かへ》りける。

橋本屋《や》にてハ夜明て是を見付《みつけ》。夕部《ゆふべ》の客ハ何某《なにがし》様、茶屋《や》へ人を走《はし》らせ茶屋《や》よりは客《きやく》の方《かた》へ人を遣し届《とゞ》ケけるに、屋敷《やしき》にてハ何某《なにがし》は夜前出奔《やぜんしゆつぽん》のよしを答《こた》へければ、詮方《せんかた》なく、請《うけ》人《にん》人置《ひとおき》▼[16]方へ紅《くれない》が死骸ハ渡しけり。

然《しか》るに何某ハ人を殺《あや》めし身なれバ、世《よ》を忍《しの》ぶ身の活計《たつき》なく、旦那寺へ至《いた》リて、頭《かしら》を剃《そり》「煩《ぼん》悩即菩提《のふそくぼだい》」と容《かたち》を替《かへ》、▼[17]世に墨染《すみぞめ》の姿《すがた》にて、雲中子《うんちうし》と改名《かいめい》して近郷近在修行《きんがうきんざいしゆぎやう》しける。

月日に関《せき》もあらされバ、今日《けふ》と暮昨日《くれきのふ》と過《すぎ》て、ほどなく件《くだん》の女郎の一周忌《いつしうき》になりにける。

其日ハ千住《せんじゆ》の在辺《ざいへん》へ修行《しゆぎやう》に至《いた》りけるに、賎《いや》しき家居《いへゐ》より、老女《ろうじよ》たち出《いで》、「心ざしの日▼[18]なれバ手の内▼[19]進《しん》ぜ参《まい》らせん」と「此方《こなた》へ入《はい》らせ給へ」と言《い》へバ、「忝《かたじけな》し」と内へ入《いり》、其時老《ろう》女《じよ》茶を汲差《くみさし》出し、「今日は志《こゝろざ》しの候へバ、日暮《ひぐれ》も近《ちか》くなり参《まい》らせしまゝ、御宿《おんやど》の御心あてもなく候ば、御宿申《まうし》さふらはん」と、いと念比《ねんごろ》にもてなしける。雲中子《うんちうし》ハ「忝《かたじ》けなし」と、いと念比に謝《しや》し、草鞋《わらんづ》解《と》きて休息《きうそく》なす内、老女ハ仏間へ灯明灯《とうめうとも》し、「御回向《ゑかう》あれ」と云《いふ》にまかせ、雲中《うんちう》子ハ仏間《ぶつま》に向見てあれバ、「刃誉妙釼信女《じんよめうけんしんによ》」と戒名《かいめう》あり。雲中《うんちう》心に思ふハ、「如何《いか》なれバ去年の今月今日ハ、女の刃《やいば》に死《しす》る日ぞ。橋本屋《や》の紅《くれない》も今日ハ一周忌《いつしうき》、此家《いへ》の仏《ほとけ》も一周忌、この家《や》の仏も、いかなる因果《ゐんぐは》に釼難《けんなん》にて死したりけん。いぶかしさよ」と、いとゞ哀《あはれ》を催《もよほ》して、鉦鼓《しやうこ》▼20をならし念仏《ねんぶつ》となえ、回向《ゑかう》をなせば、何処《いづく》ともなく、女の声《こへ》にて念仏《ねんぶつ》申す声聞《き》こへけるまゝ、不思義《しぎ》におもひ、振返《ふりかへ》リて見れバ、去年《こぞ》死《しせ》し紅《くれない》に面影似《おもかげに》たる女、雲中《うんちう》が後《うしろ》に居《すはり》、共《とも》に称名唱《せうめうとなへ》けるにぞ、雲中《うんちう》ハ胆消《きもきへ》、魂飛《たましいとぶ》心地にて、能ゝ《よく〳〵》見れバ、姿《すがた》ハ田舎《いなか》の女ながら、顔ハ過《すぎ》つる紅《くれない》なり。いと恨《うらめ》しげに雲中が顔打詠《うちながめ》▼21「扨恨《さてうら》めしき主《ぬし》様や、御見忘なされしか。みづからハ紅《くれない》が妹にて、幼《おさなき》ときハ錦《にしき》とて、橋本屋《や》に雇《〔や〕とひ》禿《かふろ》をつとめ侍りしが、後故郷《のちふるさと》へ帰居《かへりゐ》しに、去年の今日《けふ》、「姉様ハ客《きやく》に殺され給ひし」と、告来《つげ》りしに、悲《かなしみ》の泪《なみだ》 腸《はらはた》を断《たち》、「何の意趣《いしゆ》にて何者に殺れ給ひし」と、様子《〔よ〕ふす》を聞ハ「何某《なにがし》とかや云し客」と聞《きく》とひとしく、無念《むねん》の泪《なみだ》、「我身男《わがみおとこ》の身にしあらバ、敵《かたき》を討《う》たで置《おく》べきか」と思ふに甲斐《かい》なき女の身、母様に力《ちから》をつけ、よふ〳〵月日を送《おく》るうち。「今宵不思義《こよひふしぎ》に御宿《おんやど》申」と云事《いふ》も回《めぐ》る因果《ゐんぐわ》の車《くるま》の輪《わ》。昔《むかし》の姿《すかた》にましまさバ、我身女の身《み》なりとも、いたし方も有べきに、御姿《おんすがた》もかへ給ひ、仏《ほとけ》の道《みち》に入給へバ、今ハ恨《うらみ》もつき弓《ゆみ》▼22の、矢たけ心▼23も墨染《すみぞめ》に、御身《おんみ》をかへさせ給ふ上《うへ》ハ、よきに御回向くださるべし。さるにても母人には。其事も知《し》らせ給はぬ事なれバ、御心置《おき》なく終夜《よもすから》、亡姉《なきあね》様の御回向《ゑかう》を御つとめくださるべし」とて、あやしの調度《てうど》とゝのへて其夜をあかし、又ゝ修行《しゆぎやう》に出《いで》にける。

〔原文注〕（巻五の四）

▼**1 享保**　一七一六～一七三六年。

▼**2 橋本屋**　角町の橋本屋五郎八。

▼**3 陌頭の楊柳**　柳の木はしなやかな女性イメージを持つ。郭振の五言絶句「陌頭楊柳ノ枝、已《すで》ニ春風ニ吹カレ、妾ガ心正ニ断絶ス、君ガ懐ナンゾ知ルコトヲ得ン」（『唐詩選』「小夜春歌」）

▼**4 膠漆の契**　強く結び合って離れがたい関係。男女、夫婦が深く言いかわすこと。「漆膠」は、漆《うるし》と膠《にかわ》で、きわめて粘着しやすいもののたとえ。膠漆《しつかう》の契り。

▼**5 末の松山波こさじ**　別の相手に心変わりすることは絶対に起こり得ないこと。清原元輔「契りきなかたみに袖をしぼりつつ末の松山波こさじとは」（『袖中抄』〈四八九〉）

▼**6 月雪花**　本来は同時に見ることの出来ない美しいものを一目に見ることのたとえ。

▼**7 比目鴛鴦を羨み**　比目は一つ目の魚で、二匹並んではじめて泳ぐことが出来るという中国の伝説上の魚。鴛鴦はいつも一緒に居るオシドリのつがいで、それぞれ男女の仲が睦まじいことのたとえ。「比目鴛鴦真に羨むべし」（『唐詩選』鱸照隣「長安古意」）

▼**8 筐裏**　箱の中。ここではお金をいれていた金庫。

▼**9 挨拶**　応答。受け答え。

▼**10 ます花の散りての名こそ芳ばし**　愛する女は前にも増して死んだ後にこそ名は芳ばしい。

▼**11 未来の契**　来世で結ばれようという約束。

▼**12 利剣則是弥陀号**　『南無阿弥陀仏』と一声でも称えれば、利剣が煩悩を断ち切るように、罪は皆除かれる。「利剣即是弥陀号一声称念罪皆除《いっしょうしょうねんざいかいじょ》」

▼13 **死顔つくり** 死に化粧をすること。
▼14 **一蓮托生** 運命を共にし、来世に恋の成就を期する。死後、極楽浄土で同じ蓮華《れんげ》の上に生まれること。
▼15 **心おくれ** 気後れする。弱気になる。
▼16 **請人人置** 遊女・妾・奉公人などの周旋屋。求職者に一時の宿を貸したり、その身許保証人などを引き受けたりした。口入屋。
▼17 **容を替** 出家して
▼18 **心ざしの日** 死者の供養をする日。法事をいとなむ日。
▼19 **手の内** 乞食などにほどこす金銭や米。
▼20 **鉦鼓《しゃうこ》** 勤行の時に打ち鳴らす円形青銅製の叩《たた》きがね。
▼21 **打詠** 打ち眺め
▼22 **つき弓** 槻弓。槻の木を割りけずって作った弓。「恨みも尽き」に懸けている。
▼23 **矢たけ心** 気持がいよいよ勇み立つこと。「弥猛心」の当て字。上の「弓」と響かせている。「互の恨もつき弓の、矢猛心をやはらげて」（山東京伝『昔語稲妻表紙』五）

大意

今は昔のことになってしまったが、享保のころ、角町の橋本屋に紅《くれない》という遊女がいた。何某という侍が深く馴染んで毎日のように通い詰め、互いに深く将来を誓いあっていた。何年も通う間に家の財産も使い果たし、二人は会うことも適わなくなってしまった。遊里では金が無くなった客には冷たくあしらうのが常であった。若気の至りで、「心中をして来世で一緒になろう」と、弥陀号を唱えつつ、紅の胸の辺りを剣で刺し通して殺した。死に化粧をして枕に臥させ、さて自刃しようと咽を突いたが、気後れしてか突きそこなってしまった。

その時、不寝番の若い者が行灯の油を足そうと遣って来たので、慌てて懐剣を隠し「酒を燗して持って来てくれ」と頼むと、やがて若い者は銚子を持って座敷から立ち去った。今一度自殺しようとしたが、紅の死顔を見ると気味悪く、先程突き損ねた咽の痛みが酷く、死のうという気が失せてしまった。何とかこの場を脱れようと思案したとき、奥座敷の大勢の客を迎えに舟宿から人が来たので、その客たちに紛れて立ち出で、我家へ戻った。

橋本屋では、夜が明けてから紅の死体を見つけ、茶屋へ連絡して自宅へ問い合わせると「何某は昨夜出奔した」という。仕方なく口入屋に紅の死体を引き渡した。

何某は殺人を犯した身で、仕事にも就けず、檀那寺へ行って剃髪し、雲中子と改名して近郷を修行して回った。

月日は経って、紅の一周忌になった。その日は千住辺りを修行していたが、みすぼらしい家から老女が出てきて「今日は法事を営む日なので、喜捨を差し上げましょう」というので「忝い」と家に入っていく。すると「夕暮れも近いので、今晩は宿を提供しましょう」と、懇切丁寧にもてなした。老女は仏間に灯明を灯して「回向してください」というので、見ると戒名「刃誉妙釼信女」とある。雲中子は心の中で、「橋本屋の紅を懐剣で刺し殺したのも一年前の今日。此家の仏も戒名から推測するに剣難で死んだのであろう。どんな因果の巡り合わせか。不審なことだ」と、哀れを催して、念仏を唱え回向していると、何処からともなく、女の声で念仏するのが聞こえる。不思議に思って振り返ると、紅に似た面影の女が、後ろに座って一緒に念仏を唱えていた。魂が飛ぶほど驚いて、良く見ると姿は田舎びているが、顔は紅であった。恨めしそうに雲中子の顔を見つつ「恨めしや。見忘れになったか。私は紅の妹で、幼いときは錦《にしき》という名で橋本屋で雇い禿をしていた。その後、故郷に戻っていたが、去年の今日「姉さんが客に殺された」と知らされた。「一体何の怨みがあって誰に殺されたのか」と聞くと、「何某という客だ」という。私が男であれば敵を討つべきなのに、女の身としてはそれも適わない。母様をはげましつつ、やっと月日を送っていたら、今宵の不思議の御宿とは、回《めぐ》る因果の車。もし出家していなければ、女の身でも恨みを返すこともできたであろうに、仏の道に入られたのでは、恨みも尽きた。母様は姉の敵であることは御存知ないので、心配せずに、一晩中亡き姉様の御回向をお願いします」という。雲中子は回向して夜を明かし、また修行に出掛けた。

巴屋薫《ともへやかほる》　弄金魚《きんぎよをもてあそぶ》事

今は《わ》昔《むかし》、江戸町巴屋に、薫《かほる》と云《いへ》る遊君あり。▼1「一度笑《たびゑめ》バ、人の国をも傾《かたむ》〔く〕る」▼2と云けん、俤《おもかげ》にも通《かよ》ひて、見ぬ唐《もろこし》毛嬙《もうしやう》▼3西施《せいし》▼4はいざ知《し》らず、時めきける有様《ありさま》、又類《またたぐ》ひなし。

或日《あるひ》、馴染《なじみ》の客来《きた》リて、其比流行《そのころはやり》し蘭鋳《らんちう》▼5と云《いふ》金魚を四ッ五ッ岡持《おかもち》▼6体《てい》▼7の物に入《いれ》、水舟▼8を設《しつ》らはせ、「水石▼9を弄《もてあそべ》ハ炎暑《ゑんしよ》を忘《はす》れるに能《よ》けん」とて。持せ来リけるを、薫《かほる》をはじめ、新造禿茶屋《や》の嬶達にいたるまで、金魚にかゝりて、客の方を後になし。煙草《たばこ》の火、或《あるひ》ハ酒の燗にもかまふ者なく、金魚の船を取まはし、詠《なかめ》居けるゆへ、客も、あまり座敷の照《てれ》▼10るゆへ、新造の後より我がもたせ来リし金魚をのぞき見るに、我が相方《あいかた》▼11の女郎ハ、新造に云つけて、金魚をこと〴〵く蓋《ふた》の上へとり出させ置《おき》けるに、客も不審《ふしん》に思《おも》ひ、「おちもせぬ金▼12魚を何故《なぜ》外へ取《と》り出《いだ》せし」と問《とへ》バ、女郎こたへて云、「あまり皆〳〵が弄《いじ》りし故《ゆへ》、少し草《くた》臥《びれ》て見へ候まゝ、休《やすま》せ侍《はべ》る」とのあいさつに▼13、客も思《おも》わす吹出しける。さすが吉原《よし》▼14の遊君の、「利口▼15にあらずして、あどけなき▼16心入《いれ》▼17こそ良《よ》けれ」とて、いよ〳〵馴染《なぢみ》を重《かさ》ねける。

（巻五の六）

〈原文注〉

▼1 巴屋に薫と云る遊君あり　巴屋源右衛門。享保二十《一七三五》年秋の細見『三好鶯』の「江戸町中ノ町より左側《かわ》の部」に載る。また、座敷持の合印で七番目に「かほる」と見える。

▼2 人の国をも傾くる　絶世の美人、美女。傾城《けいせい》、遊女のこと。『漢書』外戚伝上・孝武李夫人の「一顧すれば人の城を傾け、再顧すれば人の国を傾く」。

▼3 **毛嬙** 美人の代表として数えらる。『管子』に「毛嬙西施天下之美人也」と、西施と並び称されている。

▼4 **西施** 中国、春秋時代の越の美女。越が呉と会稽で戦って敗れると、越王勾践《こうせん》は西施を呉王夫差に献上した。夫差は西施の容色に溺れ、その隙をついて越は呉を滅ぼしたと伝えられる。

▼5 **蘭鋳** 金魚の一品種。体形はほぼ卵形で、背びれがなく、腹部がふくらむ。体色は黄色みの強い赤色のものが多い。一定の時期になると頭部に肉こぶができるので獅子頭《ししがしら》と呼ばれる。高級金魚で、体質は弱く飼育がむずかしい。

▼6 **岡持** 平たい桶のようなもので、手とふたがあるもの。おもに食べ物や食器を入れて運ぶのに用いる。

▼7 **体** 接尾語的に用いて似た形を表す。ここでは「岡持風」ということ。

▼8 **水舟** 生魚を入れておく容器。水槽。

▼9 **水石** 水盤に入れたり、盆の上に庭園や景色を模して配したりする石。盆石。

▼10 **照る** 興がさめる。座がしらける。

▼11 **相方** 遊客の相手となる遊女。敵娼。

▼12 **おちもせぬ** 死んでもいない。

▼13 **あいさつ** 応答。受け答え。

▼14 **さすが** 何といっても。

▼15 **利口** 口先がうまくて実のないこと。また、世智にたけていて抜け目がないこと。

▼16 **あどけなき** 無心で愛らしい。無邪気である。することが幼い。悪気がない。

▼17 **心入** 計らい。心根。

大意

今は昔のことになってしまったが、江戸町の巴屋に薫《かおる》という遊女がいた。傾国の美人といわれて、当時全盛を誇っていた。
ある日、馴染み客が来て、「水槽を用意して、盆石を作れば暑さを忘れられるだろう」と、当時流行していたランチュウという高級金魚を持って来た。薫を初めとして新造や禿たちは客をそっちのけで金魚に夢中になっている。客はあまりに興ざめだったので仕方なく、新造の後ろから金魚を覗いてみると、薫は新造に言い付けて、全部の金魚を水から出して、蓋の上に取り出させていた。客は不審に思って「死んでもいない金魚を何故取り出しているのか」と尋ねると、薫は「あまりに皆が夢中になって見ていて、金魚が少し疲れているように見えたので休ませています」と答えた。客は思い掛けない答えに笑い出した。「何といっても吉原の遊女は、手練手管に長けて抜け目ないより、無邪気な方が良いものだ」と思い、いよいよ馴染みを重ねたという。

補説

洒落本『古今青楼噺之画有多《はなしのえうだ》』(1)の跋文は、尾崎久弥氏が「殊《こと》に当時の客の通《つう》と野暮《やぼ》、傾城《けいせい》の偽《うそ》と実《まこと》とに触《ふ》れて、さては当時の怜悧《れいり》になった傾城買《けいせいかい》の極意《ごくい》にも、作者自身、自然《しぜん》と時代の感化《かんか》を受《う》けて、即《すなわ》ち昔とは違った没頭本位《ぼっとうほんい》とはさらり変った、冷静傍観《れいせいぼうかん》、不離不即《ふりふそく》の妙諦《みょうてい》を説《と》いた、当時安永頃《あんえいころ》の花街《さと》の人情世相《にんじょうせそう》に滲透《しんとう》した、頗《すこぶ》るのメイ論と思ふ(2)」と紹介しているように、吉原案内と色道伝授とを兼ね備えた文章である。

その一部分に、次のように本話の内容が見えている。

愚《おろ》かと云《い》ふは里《さと》の習《なら》ひ。中比《なかころ》、巴屋《ともへ》の薫《かほる》、金魚《きんぎよ》を持遊《もてあそび》にこね廻《まは》し「ちつと休《やすま》せん」と盆《ぼん》へ並《なら》べしも、遊女の心には叶《かな》ひしか。彼奴《かのやつこ》となりて入込《いりこみ》し売女《ばいぢよ》と、此里育《このさとそだち》の引込禿《ひきこみかぶろ》(3)と、同じ様《やう》に思ふは誤り。箕輪《みのわ》の庵《あん》(4)にて源氏伊勢《いせ》物語抔《やう》の草紙《そうし》をも読《よ》ませ、又は山彦生田流(5)も、其《その》家々の風にて仕込む事にぞ。

基本的に「巴屋の薫」の逸話としていて筋は同様ではあり、「遊女の心に叶ひ」というのが、本話の結末「あどけなき心入れこそ良けれ」に通じている。しかし、文脈としては「禿の頃からこの里で大切に教養を身につけさせられた遊女と、吉原外から来た遊女とを同じだと思ってはいけない」という点に主眼があると思われるので、『噺之画有多』が本話に拠ったものであるかどうかは不明である。

なお、本話の刊行後五十年ほど経ってから出板された『吉原大鑑《よしわらおおかがみ》』(6)「薫《かおる》伝」の前半には、ほぼそのまま本話が引用されている。(7)跋文に「北郭《くるわ》の事跡《じせき》をはじめ、三浦《みうら》の高尾薄雲《たかおうすくも》、其余名君《そのよめいくん》の伝を集め、号《なづけ》て吉原大鑑といふ。……南総舍《なんそうしや》、梓《あずさ》に鐫《えら》むと切《せち》に乞《こえ》ども、二百歳《ふたももとせ》のむかしより、諸先生の作意多く、殊更《ことさら》大全に悉《くわし》く、煙花清談《えんかせいだん》に具《つぶさ》なるをや……」と『吉原大全』と『烟花清談』を挙げていることから、『烟花清談』に対する認識（評価）がうかがえる。

〔補説注〕

（1）噺之画有多　安永九年《一七八〇》序、南蛇加紫蘭作、北尾政演（山東京伝）画、松村弥兵衛板（『洒落本大成』巻九、中央公論社、一九八〇）所収。多数の改題本が存することは浜田啓介「解説」参照。

（2）尾崎久弥「野暮と通の名論」（『吉原図会』附録二、竹酔書房、一九三二）

（3）引込禿　吉原の遊廓で、主人の部屋に置いて芸事を習わせるなどして、新造または部屋持以上の遊女となる準備をさせる禿のこと。

（4）箕輪の庵　箕輪（三輪）は、吉原の近くだったので遊女屋の寮（別宅）などが置かれた。

（5）山彦生田流　山彦は浄瑠璃の三味線方の名跡。生田は箏曲（琴）の一流派の名。ここでは、三味線や琴を習わせること。

（6）吉原大鑑　初編中本二冊、豊芥子撰集、天保五年《一八三四》序。（尾崎久弥『吉原図会』、竹酔書房、一九三二）所収

（7）「薫伝」の後半には、薫をめぐる別の話が付け加えられているのであるが、その出典は未詳。

附録

洞房語園集　中

几帳《きてう》物語

延宝《えんぽう》七年[1]の頃欤《か》、江戸町橘屋浄然店に、後家にて桐屋といひし者有《ものあり》。渠《かれ》が内《うち》に几帳《きてう》と言《い》ひける局《つぼね》女郎[2]に、石町《こくちよう》辺より呉服商人庄右衛門といふ者来《ものきた》り、逢馴染《なじみ》しを、いさゝか用の事ありて本国勢州[3]へ赴き、十四五日過て友達の方《かた》より文して、几帳《きてう》が許《もと》へ知《しら》せけるハ「庄右衛門事、「在所へ行ク」[4]とて途中にて病付《やみつき》[5]、終《つひ》に果《はて》し由《よし》也《な》リ」。几帳是《きてうこれ》を聞《きゝ》、いたく歎き、勤《つとめ》にも出《いで》ず打臥《ふ》して居たるも、主《アルジ》の後家、様々《さま〴〵》と教訓し慰めて、やう〳〵に思ひ直し、主《あるじ》の菩提所より僧を招き、形ノ如ク追善供養[6]し、奉公の身なれば、又勤《つとめ》に出たり。

頃ハ延宝六年、吉原類焼[7]の砌[8]にて、家作もいまだ出来揃ハず、桐屋が家も、平《ひら》屋[9]にて、客あれば局[10]にてもてなしたり。或《ある》夜、几帳《きてう》が客帰りて、独《ひとり》淋しく、いまだ微睡《まどろ》までありけり。八月下旬の事なるに、小雨そぼふりて[11]、もの凄《スゴ》く[12]、丑三《みつ》ばかりに[13]、几帳《きてう》が局の戸を「ほと〳〵」と扣《たゝ》く。几帳《きてう》内より「誰《た》ソ」と答ふれば、細く苦《くる》しげなる声して「別れし庄右衛門が来たハ。こゝ明《あけ》よ」といふ、さしも世[14]にありし時は深《ふか》く愛《いと》おしみ、二世とも誓《チカ》ひし程《ほど》の中[15]なれども、「去ルものは日ゝに疎《うと》し」[16]とかや、又、人情のならひ眼前《マノアタリ》に亡者の声を聞キ、身の毛よだちて[17]怖しく、絶入ル[18]ばかりに打ふして泣ゐたり。

此時、几帳《きてう》が傍輩[19]に金太夫と言《い》ひし女郎、隣の局に寝て居たるが、此折節《ふし》、目を覚し、戸をたゝくより「庄右衛門が来た」といふ迄を聞すまし、帯を締《し》め、搔取《かいどり》[20]して、隣局《つぼね》の鶉格子[21]の透間から、そつと覗《のぞ》ひて見れば、暗《くら》まぎれに怪《あや》しき形《なり》のもの見えたり。頓《いそぎ》て局の戸を明ケ、走りかゝつて、かの幽霊を引捕え、ちつとも動かさず中に引ッ立、我局へ引入、片手に亡者を捕へ、片手にて行灯《あんどん》を掲《かゝ》げ直《なを》し、幽霊《ユウレイ》をよく〳〵見れば、白き浴衣《ユカタ》を着、紙を三角に折て額《ひたひ》に当《あ》てたり。軒並びなる扇子屋文左衛門[22]が召仕ひに八蔵と云《いう》男也《なり》し。几帳《きてう》を恨むる事ありて、其《その》意趣[23]に、かく威《おど》したるにてぞ有《あり》ける。

主《あるじ》の後家にも知《し》らせ、「貴奴《きやつ》が主人、文左衛門方へ届《とゞ》けばや」など言《い》ひしが、主《あるじ》の後家ハ血の道《みち》起[24]りて煩《わずら》ふてゐる。八蔵奴《め》は泣声《こゑ》に成て侘言《わびごと》すれば、貴奴《きやつ》が頭《あたま》を二ッ三ッ張《は》り回し、[25]恰《アタカモ》も小児を扱ふごとく、大の男を中に引ッさげ、大道溝蓋《ミゾフタ》の上迄《まで》投出し、局の戸押《おし》たて、[26]沙汰なし[27]におさめたり。

金太夫、此時の振舞ハ、音に聞えし江州高島の大井子、[28]海津の遊女、金ネ[29]と言《い》ひしも、かくやありつらむ。八蔵も普通に勝れ力量ありし男なりしが、金太夫に掴《つか》まれし肘《ひじ》しびれ痛ミ、四五日が程《ほど》なやみけり。

〔原文注〕

▼1 **延宝七年** 江戸初期。一六七九年

▼2 **局女郎** 端女郎。吉原で最下層の切見世と呼ばれた見世にいた最下級の遊女。

▼3 **本国勢州** 出身地である伊勢国。

▼4 **在所** 出身地。田舎。実家。

▼5 **病付** 病み付く。病気に罹る。

▼6 **形ノ如ク追善供養** 故人が成仏できるように、慣例に従って僧侶を呼んで法要を営む。

▼7 **類焼** 延宝六年《一六七八》に大きな火事の記録は見当たらない（吉原健一郎「江戸災害年表」、『江戸町人の研究』五巻、吉川弘文館、一九七八）が、前年四月十二月に発生した浅草近辺の火事で延焼したか。

▼8 **砌** みぎり。その節、その折。

▼9 **平屋** 一階建ての家

▼10 **局** 家の中の、しきって隔てた部屋。つぼね。

▼11 **そぼふり** しとしとと細かい雨がしめやかに降る。

▼12 **もの凄く** 非常に怖ろしい。気味が悪い。

▼13 **丑三ばかり** 深夜二時ころ。

▼14 **さしも** あれほどにも

▼15 **二世とも誓ひしほどの中** 今世だけでなく、来世も変わらず二人で居ようという固い約束をした仲。

▼16 **去る者は日々に疎し**　死んだ人は月日が経つにつれて忘れ去られていく。『文選』「去者日以疎、生者日以親」に拠る慣用句。

▼17 **身の毛よだち**　恐ろしさのために、体が緊張してこわばる。ぞっとする。戦慄する。

▼18 **絶入る**　気絶する。茫然とする。

▼19 **傍輩**　同じ主人に仕える同僚。仲間。

▼20 **掻取**　着物の褄《つま》や裾《すそ》をからげて、裾が地に引かないように引き上げること。

▼21 **鶉格子**　格子の一種。形が鶉篭《うずらかご》に似ているところからいう。吉原の局女郎のいる店に用いた。

▼22 **扇子屋文左衛門**　実在した店か。「新吉原細見記考」（『鼠璞十種』上、中央公論社、一九七八所収）に「万治元年《一六五八》の細見にいひもらし、事、ひとつふたつ……○同書（洞房語園）に、「揚屋町網屋甚左衛門と云し者の息子にて与平治とて」と見えし網屋甚左衛門は、こゝに見えたる揚屋なるべし。同書に、「延宝七年の頃、江戸町橋屋浄然店に、後家にて桐屋といひしもの」云々、「軒並びなる扇屋与右衛門が」云々といへるは、こゝに江戸町一丁目の所に扇屋与右衛門、桐屋孫四郎と並び立たり。これらの跡なるべし。」と見える。

▼23 **意趣**　人を恨む心。遺恨。

▼24 **血の道**　女性特有の病気。頭痛、のぼせ、めまいなど。

▼25 **張り廻し**　ところきらわず殴る

▼26 **たてる**　戸などを閉ざす。しめる。

▼27 **沙汰なし**　表沙汰にしないこと。穏便にすませること。

▼28 **大井子**　『宇治拾遺物語』などに載る近江の国、高島の大井は大力で有名であった。補説参照。

▼29 **金ネ**　こちらも『宇治拾遺物語』などに載る。近江国、貝津の遊女金も大力で聞こえていた。補説参照。なお、『北斎漫画』九編「近江國貝津ノ里傀儡女金子カ力量」に絵が載る。

大意

延宝七年の頃であったか、江戸町《えどちょう》橋屋浄然店にある桐屋に、亭主に先立たれた女主人がいた。その店の几帳という女郎のもとに、石町《こくちょう》辺りから呉服屋の庄右衛門が来て馴染み客となっていた。庄右衛門は少しばかりの用事があって、故郷の伊勢に旅立ったが、十四五日過ぎて友人から手紙が来た。庄右衛門は旅の途中で病気に罹り、遂に死んでしまったと知らせてきたのであった。几帳はこの知らせを見て大変に歎き哀しみ、店にも出られず寝込んでしまった。女主人が几帳をいろいろと諭し慰め、やっと思い直して、慣例に従って僧侶を呼んで法要を営み、年季奉公の身なので店に出た。

折しも吉原が火事で焼けた後で、まだ再建も完成していなくて、桐屋も一階家の仕切りで区切った部屋で営業していた。ある八月下旬の夜、小雨がしとしと降る、何となく気味悪い真夜中に、几帳を訪ねてきて部屋の戸を敲く者がいた。「どなたですか」と訊ねると、「別れた庄右衛門です。此処を開けてください」という。生きていた時には、あの世でも一緒に居ようと約束するほど深い仲であったけれど、成仏せずに亡霊となって来た声を聞き、その恐ろしさに茫然として泣き伏していた。

その時、金太夫という隣部屋の女郎が、この様子を聞いて驚き、身繕いして格子の透き間から覗き見ると、怪しい人影が見えたので、急いで駆け付けて、その幽霊を捕らえて自分の部屋へ引き入れた。明かりを取って良く見ると、白い浴衣を着て三角形に折った紙を額に付けた、近所の扇子屋文左衛門の召使いの八蔵であった。几帳が相手にしてくれない怨みから、このような芝居をして脅かしたのであった。
女主人にも知らせ、八蔵の雇い主にも知らせようと思ったが、女主人は気が顛倒しているし、八蔵は泣きながら詫び言を言うので、八蔵の頭を二三回殴りつけて、まるで子どもを扱うように八蔵を外へ引っ張り出して、溝の蓋の上まで投げ飛ばし、戸をピシャッと閉めて、穏便に事を収めた。金太夫の行った力尽くの解決法は、怪力で有名な近江の国高島の大井子や、同国貝津の遊女金《かね》を思い起こさせるものであった。八蔵も力の強い男ではあったが、金太夫に掴まれたヒジの痛みは四五日ほど続いたという。

補説

本編の底本に使用したのは、板本の『洞房語園集』[1]である。原本は国会図書館蔵で、大本三冊、元文三《一七三八》年の刊記を備えるが、実際の刊行年は未詳。花咲氏は元文五年以降に遅れたと考証されている。なお、写本で流布していた『異本洞房語園』にも「局女郎きてうの事」として同様の話が見えているが多少行文が異なる。

ちなみに、三浦屋の几帳は有名で、吉原で流行した一種の囃子舞《はやしまい》である『大尽舞』[2]に、出てくる。紀文と緞子大尽などについては山東京伝が『大尽舞考証』で考証している。[3]しかし、これは本編の「局女郎几帳」とは別人である。

さて、本話も典拠となった話は分かっていない。ただし、本話では金太夫という几帳の傍輩女郎が怪力の持ち主であったという点に主眼が置かれ、几帳に悪さを仕掛けた男が、怪力女に張り倒されるという痛快さが印象的である。

女の怪力説話は『日本霊異記』の「道場法師の孫娘」や「尾張《おわり》国の宿禰久玖利《すくねくくり》」などにも見られるが、「大井子」は『宇治拾遺物語』巻十 相撲強力「大井子水論して力を顕す事」（後半）に

> 件《くだんの》 高島の大井子《おほゐ》は、田など多《おほ》く持《も》ちたりけり。田に水撒《ま》かする比《ころ》、村人水を論じて、兎角争《とかくあらそ》ひて、大井《おほゐ》子が田には充《あ》て付《つ》けざりける時、大井《おほゐ》子、夜にかくれて、面《おもて》の広《ひろ》さ六七尺ばかりなる石の、四方なるをもて來《きた》りて、彼《かの》水口に置《お》きて、人の田へ行《ゆく》水を堰《せ》きて、我《わが》田へ行《ゆ》くやうに、横《よこ》さまに置《お》きてければ、水思《おも》ふ様《さま》に堰《せ》かれて、田潤《うるほ》ひにけり。
> 其《その》朝、村人ども見《み》て、驚《おどろき》あさむ事かぎりなし。石を引退《ひきの》けむとすれば、百人ばかりしても適《かな》ふべからず。させば田みな踏《ふ》み損《そむ》ぜられぬべし。如何《いかゞ》せむずるとて、村人大井《おほゐ》子に降《ゆるし》を乞《こ》ひて、「今より後は、思《おぼ》し召《めさ》む程水をば撒《ま》かせ侍《はべる》べし。此《この》石退《の》け給へ」と云《い》ひければ、「さぞおぼゆる」とて、又夜にかくれて引退《ひきの》けてけり。
> 其《その》後は、長《なが》く水論する事なくて、田やくる事なかりけり。これぞ大井子が力あらはし初《そむ》るはじめ成《なり》ける。件《くだんの》石、大井子《おほいこ》が水口石とて、かの郡《こほり》にいまだ侍り。

図版 1-11　葛飾北齋 画「近江國貝津ノ里傀儡女金子カ力量」
『北齋漫画』九編、片野東四郎、明 11
（国立国会図書館デジタルコレクション https://dl.ndl.go.jp/pid/851654）

とある。「近江国遊女金が大力の事」（後半）の方は

その比《ころ》、東国の武士大従にて京上《のぼり》すとて、此貝津《このかいづ》に日たかく宿しけり。馬ども湖に引入《ひきいれ》て冷《ひや》しける。其《その》中に竹の棹さしたる馬のゆゝしげなるが、物に驚《おどろき》て走《はし》りまひける。人あまた取《とり》付《つき》て引留《ひきとゞ》めけれども、物ともせず引《ひき》かなぐりて走《はしり》けるに、この遊女行《ゆき》あひぬ。すこしも驚《おどろ》きたる事もなくて、高《たか》き足太《あしだ》を穿《は》きたりけるに、前を走《はし》る馬のさし縄の先《さき》を、むずと踏《ふま》へてけり。踏《ふ》まへられて、馬かいこづみて、やす〱と留《とゞま》りにけり。人〲

目を驚かす事かぎりなし。其《その》足太砂子《すなご》に深《ふか》く入《いり》て、足首《あしくび》まで埋《うづ》まれにけり。
それより此《この》金、大力の聞《きこ》えありて、人怖《お》ぢあへりける。自《みづか》ら云《い》ひけるは、「童《わらは》をば如何《いか》なる男と云《い》ふとも、五六人してはえ従《したが》へじ」とぞ自称しける。

とあり、此方は怪力の主が「遊女」であると明記されているので、本話の「金太夫」という名は、これに触発されたものかも知れない。

また、近世でも中本型読本『敵討女夫似我蜂《かたきうちめおとじがはち》』（南杣笑楚満人作、豊広画、文化三《一八〇六》年、伊賀勘板）では、両親を幸村逸見に殺された華世《はなよ》と、兄を殺されたおすみが怪力の持ち主として描かれ、その怪力が縁で同じ山名家で讒言《ざんげん》により父を切腹に追い込まれた宇三郎と出会い、共に敵を討つという話である。

いずれも、一般的な男女に関する通念を相対化している点に特徴があり、これらの説話は、武家という男社会や、男に幻想を与える遊廓を舞台にして語られると、より一層その主題性が際立って見える。

〔補説注〕

（1）『洞房語園集』（近世風俗研究会、一九九一）。花咲一男氏に拠る翻刻と解説が備わっている。

（2）**大尽舞**　享保期の歌舞伎の道外方《どうけがた》中村吉兵衛（二朱判吉兵衛）が創始したと伝えるが不詳。山東京伝の著わした『大尽舞考証』には、全部で二十五段の歌謡があったとする。
（3）『燕石十種』第五巻（中央公論社、一九八〇）・『山東京伝全集』別巻（ぺりかん社、二〇二四）所収

〈コラム1〉

『鬼滅の刃』の〝吉原怪談〟

植　朗子

……ずっと昔 アタシがまだ子供の頃 聞いた
ことがあるのよ 茶屋のお婆さんに
物忘れが酷くなってたけど ある花魁の話を
した…
もの凄い別嬪だったけど もの凄い性悪で
お婆さんが子供の時と 中年の時に そういう
花魁を見たって
その花魁たちは〝姫〟ってつく名を好んで
使って…
気に食わないことがあると 首を傾けて下か
ら睨《ね》めつけてくる 独特の癖があったって
アンタ… 何者なんだい
アンタもしかして 人間じゃないっ…
（京極屋女将・お三津／吾峠呼世晴『鬼滅の刃』
9巻・第74話「堕姫」）

大正時代、ある月夜の晩に吉原遊郭「京極屋」の女将・お三津は、周囲で頻繁に繰り返される行方不明と自殺騒動について、美貌の花魁・蕨《わらび》姫《ひめ》に詰め寄り、強い口調で問いただした。お三津がまだ子供の頃に、茶屋のお婆さんから聞かされた、恐ろしい遊女の話と蕨姫の姿が重なる。

蕨姫とお三津が会話しているのは、『鬼滅の刃』の戦いの舞台である大正時代（一九一二―一九二六年）で、中年のお三津の年齢はおそらく四〇代前後であると思われる。彼女が少女時代に聞いたという描写から、彼女がこの話を知ったのは三〇年ほど昔と推察できる。物忘れが酷くなっていたという老女のおおよその年齢を考えると、六〇歳は超えていたであろう。その老女の中年期はそこから二〇年程度前、幼少期であればさらに三〇年ほどは遡らねばならない。つまりお三津が語ったこの話は、〝江戸時代の吉原〟で二度も目撃された怪異を伝えるものなのだ。

茶屋の老女が目撃したのが、同じ花魁だとしたら？　今、お三津の目の前にいる蕨姫と彼女たちが同一人物だとしたら？——老いることを知らない、この若く美しい女はいったい何者なのか。いつから生き、いつからこの吉原遊郭に棲みついたのか……。蕨姫は鬼である自分の正体を明かすと同時に、お三津を掴んだまま屋根の上に高く飛び上がって、恐怖で顔を歪ませる彼女を容赦なく地面に叩きつけた。

吉原に出没した「遊郭の兄妹鬼」

日本を代表する人気漫画となった『鬼滅の刃』（吾峠呼世晴、『週刊少年ジャンプ』集英社、二〇一六～二〇二〇年連載）の「遊郭編」には、こんな怪談めいた語りがあった。この作品は二〇一九年に初めてアニメ化され、遊郭編のテレビ放送は二〇二二年、そして二〇二五年には劇場版三部作「無限城編」の放映が決定している。

この令和の時代に作られた、大正時代を舞台とする『鬼滅の刃』では、千年生きる鬼の始祖・鬼舞辻無惨《きぶつじむざん》と配下の鬼たちが夜の闇を跋扈する。そして、大正の吉原遊郭の女将が語ったのは、同じく吉原の女から聞かされた、江戸時代から生き続ける〝恐ろしい魔〟の話だった。

『鬼滅の刃』は、母と弟妹を鬼に殺された炭焼きの少年・竈門炭治郎《かまどたんじろう》が、鬼化した妹・禰豆《ねず》子《こ》を人間に戻すために、鬼狩り集団「鬼殺隊《きさつたい》」に入隊し、剣士となって戦いの旅に出るという物語である。

　ある日、「花街に鬼が出る」という情報が炭治郎たちのもとに入るのだが、彼らが向かった吉原の京極屋は、「遊郭の鬼」である堕姫《だき》・妓《ぎゅ》夫太郎《うたろう》という兄妹鬼の根城だった。堕姫は鬼でありながら人間に擬態し、遊郭で人気を博す華やかな花魁・蕨姫を演じていた。

　『鬼滅の刃』の鬼は、不老不死にかぎりなく近い怪物的身体を持っている。しかし、日光を弱点とし、陽にさらされると凄まじい痛みを伴いながら塵となって消滅する。そのため、どれだけ強い鬼であっても日中に外に出ることはなかった。そして、鬼になった人間は、普通の食物を口にすることができなくなるため、彼らは強い飢餓感の中、人間の血肉を喰むようになる。京極屋で起きた数々の不審死事件の被害者たちは、堕姫・妓夫太郎に喰われた人と、堕姫を〝苛立たせた〟者たちだった。

美貌の花魁に変化《へんげ》した鬼

　遊女たちは鬼と同じく「夜」に動く。人のふりをした鬼が夜に歩き回っていたとしても、遊郭ならばさほど怪しまれることはない。またここは享楽の場であるため、外部から人の出入りが頻繁で、喧騒の陰でひっそりと殺される者、若くして死ぬ者、逃亡を試みる者が少なくなかった。遊郭は、鬼が人を喰っても見つかりづらい、特殊な空間だったといえよう。江戸時代から大正へ、長い間、吉原では人知れず鬼による人喰いの被害が続いていたと思われる。

　ただ、人間という〝餌〟を確保することと、潜伏だけが目的であれば、鬼が遊女になる必要まではない。ましてや、花魁という吉原で最も人目を集めやすい姿でいることにはリスクしかないはずである。堕姫はもともと類稀な美貌の持ち主ではあったが、姿をある程度自在に変化させることができ、目立たない姿になることも可能だっただろう。では、なぜ堕姫はわざわざ花魁姿に化け、男相手に性を売る花街に居続けたのか。

近世風俗研究者である中野栄三は、『遊女の生活』（雄山閣、一九六九年）において、遊女たちを「かわいそうな人間」「生きた道具」とし、「同じ人間ながら、女として生まれ、しかも半ば強制的に不特定多数の男たちに春をひさがねばならない特異な環境下に置かれた人びと」（中野、一頁）と述べた。遊郭では「美女であることが最も客に優越感を与えるものであった」（中野、九一頁）としているが、どれだけ美しい者であったとしても、遊女にとっては「閨房が生活の場」（中野、六一頁）で、それがすべてなのだという。

それでも堕姫は「京極屋の花魁・蕨姫」としての務めを果たし、吉原から離れようとはしなかった。

激しく苛立つ「遊郭の鬼」

愛らしい美貌を備えているだけでなく勝気な性格であることも、「花魁らしさ」として重宝され、堕姫は吉原の闇の中で輝いていた。少し異様な攻撃性も、我儘さも、彼女の「稼ぎ」のために大目に見られた。また、堕姫は傍若無人に振る舞いながらも、務めから逃げ出すことはなく、手を抜くこともなかったようなのである。京極屋の女将・お三津を殺害するまでの口論で、堕姫はこんなことを口にしている。

「誰の稼ぎで この店がこれだけ大きくなったと思ってんだ婆《ばばあ》」

（堕姫／『鬼滅の刃』9巻・第74話「堕姫」）

それでいて堕姫は男と戯れることを愉しむ様

子は一切なく、いつも苛立ち、京極屋では彼女の怒声や八つ当たりが日常茶飯事だった。

「私の癪に障るような子たちが悪いとは思わないの？」

「気安く触るんじゃないよ　のぼせ腐りやがってこのガキが」

「躾が要るようだね　お前は　きつい躾が」

「最近ちょいと癪に障ることが多くって」

（堕姫／『鬼滅の刃』9巻・第74話「堕姫」）

禿《かむろ》の耳をちぎれるほど捻り上げ、血が出るくらい殴るなどしながらも、堕姫は客が来る時間までには支度を整え、〝人間の男〟を迎える準備をしている描写がある。強い鬼でありながら、人として、女として、煩わしい〝仕事〟にとらわれる。これが百年以上も繰り返される堕姫の日常なのだ。

遊郭しか知らぬ兄妹

実は堕姫は「吉原の外」を知らない。彼女は人間だった頃の名を「梅」といい、その名は梅毒だった母の病名からつけられたという。鬼になる前、堕姫と妓夫太郎が暮らしていたのは、江戸時代の吉原、その中でも「羅生門河岸」と呼ばれる貧困区域だった。父はおらず、母も早くに死んだため、兄・妓夫太郎が懸命に梅を育てた。

「遊郭の最下層で生まれた俺たち
子供なんて生きているだけで飯代がかかるので迷惑千万
生まれてくる前に　何度も殺されそうになり
生まれてからも邪魔でしかなく　何度も殺されそうになり
それでも俺は生き延びた　枯れ枝のような弱い体だったが　必死で生きていた」

（妓夫太郎／『鬼滅の刃』11巻・第96話「何度生まれ変わっても（前編）」）

醜い容貌で虐められた兄・妓夫太郎と違って、梅は幼少期から大人が怯むほど美しかった。彼女は一三歳の時に武士の男に買われたのだが、男の目を簪《かんざし》で突いたことを咎められ、生きたまま焼かれて瀕死の状態になった。助けに入った妓夫太郎も大怪我を負った。そんな彼らの命を救ったのは、周囲の大人たちではなく、神仏でもなく、人を喰らう鬼だった。梅と妓夫太郎は〝二人で〟鬼になることを選ぶ。

しかし、鬼の始祖・鬼舞辻無惨の血が分け与えられ（＝人間を鬼化させる唯一の方法）、強い「遊郭の鬼」になり、花魁・蕨姫として人々の羨望を集めるようになってからも、遊郭での彼女の悪夢は終わらない。鬼殺隊との戦闘中にも、自分の半生を呪うように叫ぶ。

「この街じゃ 女は商品なのよ 物と同じ
売ったり 買ったり 壊されたり
持ち主が好きにしていいのよ
不細工は飯を食う資格ないわ
何もできない奴は 人間扱いしない」

（堕姫／『鬼滅の刃』10巻・第88話「倒し方」）

『鬼滅の刃』の鬼たちは、鬼化すると記憶の一部あるいはすべてを欠損するのだが、人間時代の名残をとどめる。人喰い鬼になった堕姫は、金もいらず、食べ物もいらない。しかし、彼女は鬼として自由に生き続けることができるようになってからも、吉原の中に囚われたままの自分しか想像できなかったのではないか。「遊郭の外の世界」を誰も彼女に教えようとしない。

堕姫の二面性

ある日、鬼を統べる鬼舞辻無惨が、堕姫のもとを訪れて彼女のことを褒めそやした。

「〝堕姫〟 私はお前に期待しているんだ

お前は誰よりも美しい
そして強い柱を7人葬った
これからも もっともっと強くなる 残酷になる
特別な鬼だ」

（鬼舞辻無惨／『鬼滅の刃』9巻・第74話「堕姫」）

堕姫自身は遊女であることを楽しんでいたわけではないようだった。それをあらわすように、彼女ははけ口を探すように、遊郭の中で弱い年下をいじめ、いつも不機嫌な態度を取り続けた。それでも、無惨は実力上位の鬼狩りである柱たちを遊郭におびき寄せ、殺害することを堕姫に命じた。他の配下の鬼たちには決してしない優しい口調で語りかけ、堕姫のもとに足を運んで機嫌をとりながら、遊郭に潜伏し続けることを命じている。

無惨の思惑をよそに、彼を見ただけで顔を赤らめる堕姫は、まるで初めて恋をする少女のようだ。堕姫は実は従順な性格をしており、無惨が「褒めてくれるから」という理由で、兄を手伝いながら、その役目を果たそうと努めている。

この無惨と堕姫の関係には、「主人と配下」を超えるような心酔が見られる。西洋の伝承には、悪魔を信奉する魔女にまつわる話が数多く残されているが、西洋中世史研究者の池上俊一（『増補・魔女と聖女　中近世ヨーロッパの光と影』ちくま学芸文庫、二〇一五年）によると、「悪魔と魔女は、血の契約書を交わす」「悪魔は魔女に、呪われた超自然力をさずける」「そのかわりに、魔女は生涯、悪魔につかえることを誓う」（池上、一八頁）のだという。これはまさに、無惨（≒悪魔）と堕姫（≒魔女）の関係と近しい。しかし、「魔女のからだとは、とてつもなく汚れたからだ」で「このうえなく淫乱であり、悪魔や動物と果てしなく交わって、快楽に溺れた」（池上、一一四頁）としているのだが、堕姫には奔放な性の描写、男を誘惑する場面は一切ない。
また、吉原は公娼制度の枠組みの中にあった特殊な場所だが、ヨーロッパの娼婦もかつては「公共の福祉のために必要」（池上、一三八頁）な存在だとされ、彼女たちの中には、「聖なる娼婦」「貴く聖なる後光を放っている」ようなイメージが重ねられていたことがあったという記述がある。ただ、「娼婦のイノセントさ」という語りは、あらゆる物語でモティーフとして使用されるが、『鬼滅の刃』における堕姫の素直さ、無垢さは、娼婦としてのそれではなく、あくまでも一三歳という若さで人としての生を終えた、彼女の内面の幼さに裏打ちされたものであった。

「遊郭の鬼」堕姫の涙

魔女であれ、娼婦であれ、花魁であれ、そこには「女性だから」という縛りがついてまわる。女性への蔑視、嫌悪、恐怖、夢想、エロティックな幻想が彼女たちを抑えつける。悪魔に心酔した魔女たちの罪を炙り出すためには、ヨーロッパ中世では、淫乱であることと、「涙の欠如」（池上、一六頁）が証明になったという。では、鬼という〝真の魔物〟である堕姫はどうなのか。

「わぁあああ　ああああ　頚斬られたぁ　頚斬られちゃったああ　お兄ちゃあああん!!」
（堕姫／『鬼滅の刃』10巻・第85話「大泣き」）

「アタシ一生懸命やってるのに　凄く頑張ってたのよ一人で……!!
それなのにねぇ　皆で邪魔して　アタシをいじめたの!!
よってたかって　いじめたのよォ!!」
（堕姫／『鬼滅の刃』10巻・第86話「妓夫太郎」）

堕姫はまるで幼い少女のように、大粒の涙を流して泣き叫んだ。彼女は遊郭の戦いで鬼殺隊の男たちと戦ったが、女であることを使って剣士たちを騙したり、戦闘を有利に働かせようとする様子は一度も見せなかった。客である男を利用する描写すらなかった。鬼の無惨への憧憬を滲ませる場面でも、あくまで疑似恋愛的であり、肉欲を想像させるシーンも描かれることはないままだった。

つまり、遊郭であれほどたくさんの人を傷つけてきた〝花魁姿の人喰い鬼〟は、うちに秘める悪辣な魔性がゆえに人を殺めたのではなかったのだ。美しく強靭な鬼の肉体の内に秘めているのは、兄のために、無惨のために尽くしたいという素直な心と、彼女が人間時代に激らせていた、手を差し伸べてくれることのなかった周囲の人間たちへの怨嗟だった。

遊郭の鬼の願いと救済

堕姫はとうとう兄・妓夫太郎とともに鬼殺隊の炭治郎たちに頚を落とされた。鬼の身体の崩壊が始まる中で、彼女は「何とかしてよォ　お兄ちゃあん!!　死にたくないよォ」とひたすら兄に助けを乞うた。そして、地獄への道に立たされた堕姫は、一三歳だった梅の姿に戻り、真っ暗なこの道を怖がり「嫌だ　ここ嫌い」「出たい」と兄に頼む。兄は妹のために地獄には自分だけが行こうと、「お前とはもう兄妹でも何でもない　俺はこっちに行くから　お前は反対の方　明るい方へ行け」（11巻・第97話）と告げた。

しかし、梅は自分だけが助かることを望まなかった。

「離れない!!　絶対離れないから　ずっと一緒にいるんだから!!
何回生まれ変わっても　アタシはお兄ちゃんの妹になる絶対に!!
アタシを嫌わないで!!　叱らないで!!　一人にしないで!!　置いてったら許さないわよ

わぁぁあんずっと一緒にいるんだもん」

（堕姫／『鬼滅の刃』11巻・第97話「何度生まれ変わっても（後編）」）

人の羨む美貌に恵まれながらも、「不幸」に終わった人間時代の梅。鬼として生きると決めた後も、人に擬態して「かりそめの華やかな生」を選び、その影で苛立たしさを抑えきれなかった蕨姫。そして、生きるために人を傷つけてきた堕姫。堕姫の中には、複雑に入り組んだ「自分」が存在している。堕姫には死ぬことを恐れる場面が繰り返し描かれたが、彼女が本当に恐れたのは「自分のそばから兄がいなくなること」だった。

『鬼滅の刃』では美化されることのない遊郭の姿と、そこで懸命に生きようとした兄妹の姿が描かれた。堕姫の、蕨姫の、梅の、魂の救いは、あの苦界の中の「人としての生」で与えられることはなかった。兄の隣であれば、地獄であっても、人でも鬼でもかまわない。

あの恐ろしい吉原の怪談は、普通の生き方を選ぶことができなかった少女の、悲しみの果ての物語である。吾峠呼世晴の手によって紡がれた、江戸・大正の遊郭の兄妹の悲劇は、『鬼滅の刃』の中でも屈指のエピソードのひとつだといえよう。

〈参考・引用文献〉

吾峠呼世晴『鬼滅の刃』ジャンプコミックス1‐23巻、集英社、二〇一六‐二〇二〇年
池上俊一『増補・魔女と聖女　中近世ヨーロッパの光と影』ちくま学芸文庫、二〇一五年
中野栄三『遊女の生活』、雄山閣、一九六九年

第二章　吉原の奇談と怪談

広坂朋信

江戸幕府公認の遊廓のあった新吉原（以下吉原と記す。現在の東京都台東区千束）は、江戸で最大の歓楽街であり、さまざまな階層・職種の人々が集う社交場でもあり、流行の発信地でもあった。しかし一方で吉原は売春を基幹産業として栄えた町であって、繁栄の裏には奴隷的労働や性病の蔓延などの陰惨な側面があった。そこから、さぞや怪談も多かろうと期待されるのだが、もし怪談を「怖い話」（ホラー・ストーリー）と定義するなら、吉原発、または吉原を舞台にしたホラー・ストーリーはそれほど多くはない。

そこで本章では怪談の意味を拡大して、ホラー・ストーリーばかりではなく不思議な話、珍しい話も含まれることとして、江戸時代の随筆や怪談集から当時の吉原でほんとうにあった（かもしれない）奇談を拾ってご紹介する。なお、本章では紙幅の都合上、一部の話をのぞき原文は略して大意（広坂による意訳）のみ掲載することをお断りしておく。

一　ディープキスの後始末――『好色百物語』より

百物語とはご存じのとおり、江戸時代に流行した怪談会の一形式であり、短編怪談集のタイトルによく用いられた。しかし、「百物語」と銘打ってはいても内容は必ずしも正統的な怪談ばかりとは限られない。刊記に元禄一四年（一七〇一）とある『好色百物語』は色恋のからむ怪談を集めたものだが、吉原の地名が出てくるのは次の短い話「口吸とて舌喰切事」だけである。

▼口吸《くちすふ》とて舌喰切《したくひきる》事

一　江戸よし原《はら》さんちや町二丁目　摂津国《つのくに》屋か内に　小太夫といふ遊女ときうの七助と密通せしか　たはふれのあまりに。くちを吸ふとて　をんなのしたのさき三分はかりくひ切しかハ。公儀に訴へけるに　七助は籠舎《らふしや》し　女ハやうしやうせしなり　延宝八年の事にて侍りし(1)

〈大意〉　江戸吉原散茶町二丁目、摂津国屋《つのくにや》の小太夫という遊女と妓夫《ぎゆう》（遊廓の雑用係）の七助が密通していた（遊女と遊廓の男との交際は厳禁）。二人はディープキスに夢中になるあまり、男が女の舌先を噛み切ってしまった。奉行所に訴え出たところ、男は入牢を申しつけられ、女は療養することになった。延宝八年（一六八〇）のことだった。

これだけの話である。この「口吸とて舌喰切事」の掲載された『好色百物語』巻五には他に五つの話が収録されているが、そのうち怪談らしいのは「女の死霊弔を頼む事」だけで、あとは大阪新町遊廓の遊女の心中、名古屋の後家が夫の生前から浮気していた話、江戸木挽町の若者が下女にだまされて母親の寝床に夜這いした話、江戸南御徒町の絶倫の好色老人を謎の美女が懲らしめる話と、怪異譚より艶笑譚の方が多い（もちろん他の巻には幽霊や妖怪が活躍するいわゆる怪談も多いのだが）。

ディープキスに夢中になって遊女の舌をかみ切ってしまった話は、当時のゴシップをそのまま記録しただけのようにも見えるが、謎もある。江戸の町は幕府から任命された地域の有力者が町名主として行政実務を代行しており、たいていの事件は町名主が調停していた。吉原にも町名主がいて、よほど大きな問題でなければ奉行所に訴え出ることはない。そもそも遊女と妓夫の密通など店の中で解決することである。それなのになぜ公儀に訴え出たのか。町名主が扱いかねるほどの何か難しい問題が潜んでいたのか。あるいは別の事件を暗示する風刺であったのだろうか。

二　占いをする女——『耳嚢』と『武野俗談』より

勘定奉行、町奉行を歴任した旗本・根岸鎮衛《ねぎしやすもり》（一七三七～一八一五）の随筆『耳嚢《みみぶくろ》』は怪談・奇談の宝庫として知られるが、吉原にまつわる話は少ない。その『耳嚢』に、吉原が舞台となるわけではないが、元は吉原の遊女だったという尼僧について記した「怪尼奇談の事」[2]と、同一人物についてのエピソードがあるのでまとめてご紹介する。なお、原文には怪尼の詠んだ和歌も引かれているのだが、あいにく筆者には和歌の素養がないので省略する。

▼怪尼奇談の事

〈大意〉 或る人の話では、駒込（文京区）あたりに住む医師、藤田元寿の家に、ある日、早稲田（新宿区）に住むという尼が托鉢に来て、縁側で雨宿りをしていった。雨のやむのを待つあいだ、いろいろな話をしたが、尼は和歌に通じているようで、その他の話にも非凡なものがあって元寿は感心した。

その日は雨が上がって別れたが、その後も元寿は尼のことが気になり、早稲田にあるという尼の庵を訪ねたが、「あの尼さんなら最近、箕輪に引っ越したよ」と近所の人に聞かされて、箕輪（台東区三ノ輪）をあちこち探して、かの尼の庵を探し当て、しばらくいろいろな話をした。元寿が「あなたは昔はどういう人だったのですか」と尋ねると、「私はむかし吉原町の遊女をしていました。富豪の商人に請出されましたが、その夫の死後は世の中の憂さを感じて、こうして尼となりました」と語ったという。

▼陰凝て衰へるといふ事

〈大意〉　元寿にこの尼が語るには、近年、吉原はしだいに衰えて不景気になったことには理由がある。吉原町は江戸の北方にあたる陰の地である。陰地に陰（女）を集めて商売をするのだから、昔、庄司甚右衛門（吉原の創設者）がこの廓を設置したころから廓中に（水（陰）の湧く）井戸を掘ることを禁じ、廓の外から毎日水を汲んで使うことになっていたが、いつの頃か、江戸町の丁子屋という遊女屋がこの事情に気づかなかったのか、当座の便利を考えて井戸を掘ると、皆それにならって今では廓中に多くの井戸が掘られている。これは陰に陰（水）を重ねたことになるので、土地が衰える原因になったと言う。

▼死相を見るは心法の事

〈大意〉　かの尼は人相をよく見る。元寿も人相学を心がけていたのでそれについて話を聞いた。尼がある老婦人の人相を見て「あなたは心のままに過ごし、好きなものを食べて気に入ることだけをしなさい。来年のいつ頃には寿命が尽きます」と言ったところ、はたしてその通りになった。元寿が「人の生き死にの日時を人相学から推測することは、書物にはあっても出来そうもないことです。あなたはどうしてわかったのですか?」と奥義を尋ねると、尼は「これはわが心に問うこと。言葉で教えても役には立たないでしょう。自然とわが心に道を悟るのでなければ、伝授はできません」と言って別れた。元寿がたびたび尼を訪ねたのは、その人相学の奥義を尋ねたかったからだという。奇尼もあるものなるかな。

根岸鎮衛は怪尼、奇尼と記しているが、「富豪の商家へ請出されしが、右夫死せし後は」尼となったというのだから、調べれば身元はすぐにわかるだろう。和歌をよくしたというのも、吉原の上級遊女であればそのくらいの教養は持っていたはずだろう。いずれも怪でも奇でもない。そうすると、人相占いに長じていたことだろうか。死期を占ってズバリ的中させた点が、彼女を怪尼、奇尼と呼んだ理由かもしれない。

松葉屋瀬川卜笠に名高き事

占いをする遊女の例としては、怪談ファンには『皿屋舗辨疑録《さらやしきべんぎろく》』で知られる講釈師・馬場文耕《ばばぶんこう》（一七一八〜一八五九）の『武野俗談』に「松葉屋瀬川卜笠に名高き事《まつばやせがわぼくぜい》」という記事がある。

瀬川は松葉屋のトップを張る遊女に代々継承された源氏名で、文耕の記事の瀬川は四代目と思われる。文耕によれば、瀬川は吉原随一の美人であるだけでなく、三味線、浄瑠璃はもちろん、茶の湯、誹諧、囲碁、双六、鞠、鼓、笛、謡、舞も上手で、書もよくし、『唐詩選』の理解は儒者も舌を巻くほどで、絵まで上手に描く、なんでも出来るスーパー才女として讃えられている。この瀬川は多芸多才の上、易占にも詳しかったという。

「且其上《かつそのうへ》易道占《えきだううら》にくはしく心を用《もち》ひ、平澤左内《ひらさわさない》が弟子《でし》と成つて卜筮《ぼくぜい》を學《まな》びけり。平生《へいぜい》己が座敷《ざしき》にて蓍木《めどぎ》を紫《むらさき》の服紗《ふくさ》に包《つつ》み、さん木を蒔絵《まきゑ》の小箱《こばこ》に入れて置き、はうばい女郎の願事《ねがひごと》或は待人《まちびと》等の事、客の往來《わうらい》首尾《しゆび》吉凶《きつきよう》、相生《あひしやう》善悪《ぜんあく》等、毎日々々是を占ひて、樂《たのしみ》とするなり。不思議千萬の女なり。(3)」

瀬川が師事した平澤左内は当時有名な易者だったが、文耕は同じ『武野俗談』で、左内を「片腹いたきいやな奴」「何の役にた丶ぬ取るに足らざる馬鹿者」などと、ぼろくそにこき下ろしている。(4)瀬川に対する高い評価もはたして真に受けてよいものかどうか迷うところだ。ともあれ、文耕は占いに親しむ遊女を「不思議千万の女」としている。

三　中万字屋の幽霊と吉原の化物——『半日閑話』と『怪談　老いの杖』より

『耳囊』の根岸鎮衛の同時代人に、幕府の実務官僚でありながら江戸を代表する文人だった太田南《おおたなん》畝《ぽ》（一七四九〜一八二三）がいる。南畝の書き留めた次の話は奇談のつもりではなく単なるニュースだったのかもしれない。

▼吉原消失・火竜

五日夜丑三刻、新吉原五丁町のこらず焼る。火元は四つ目とかや。灰燼の中よりあやしき骨出た

り。火竜。其図[5]

太田南畝の随筆『半日閑話』から明和五年（一七六八）四月の記事である。吉原の焼け跡から出てきた「あやしき骨」は、絵を見る限り魚かイルカの頭骨ではないかと思われるのだが、町を全焼させた火事の焼け跡から見つかっただけに、火竜の骨と噂されたのだろう。明和七年（一七七〇）に似たような骨が天狗の髑髏だとして平賀源内のところに持ち込まれたおり、源内は、世間の人が天狗だと思いたいなら天狗ということにしておけばいいじゃないか、と言い放った[6]。

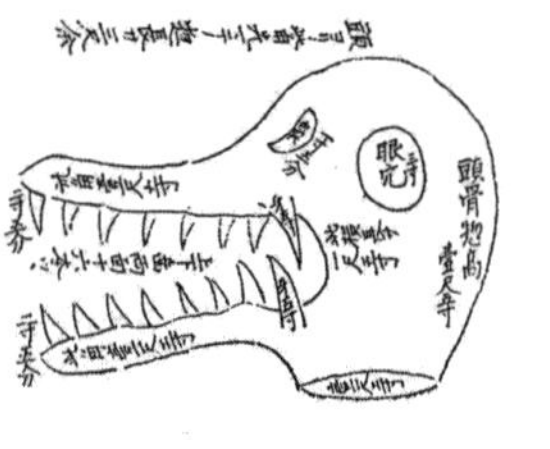

其図
大田南畝『半日閑話』より

『半日閑話』には、吉原に幽霊が出たという話もある。文化七年（一八一〇）の記事である。

▼中万字屋の幽霊

文化七年、中万字屋妓を葬る。十月末の事なり。この妓が病気にて引込居たりしを、遣り手仮初なりとて、折檻を加へしに、ある日小鍋に食を入て煮て喰んとせしを見咎め、其鍋を首にかけさせ、柱に縛り付て置しかば終に死しけり。其幽霊首に小鍋をかけて廊下に出るよし沙汰あり[7]。

〈大意〉 文化七年（一八一〇）、中万字屋の遊女を葬った。十月末のことだった。この遊女が病気で寝込んでいたのを、遣り手婆は怠け者だと折檻していた。ある日、遊女が小鍋にご飯を入れて煮て食べようとしていたのを遣り手婆は見とがめ、その鍋を遊女の首にかけて柱に縛り付けておいたところ、とうとう死んでしまった。その幽霊が首に小鍋をかけて廊下に出るとうわさになった。

遣り手の折檻

中万字屋は実在した店、玉菊灯篭に名を残した名妓玉菊で知られる（玉菊については本書第一章の「中万字屋玉菊全盛の事」を参照）。なお、玉菊没後、三回忌に彼女を偲んでつくられた河東節「水調子」は「中萬字で此の「水調子」をひくと玉菊の霊が現れるといふ」[8]と噂された。

南畝の文に出てくる「遣《や》り手」は遊女を監督する女性、年季の明けた元遊女が勤めることが多く遣り手婆とも呼ばれた。遣り手の折檻については武陽隠士『世事見聞録』にある。

「もしその機嫌を取り損じて客の盈れ出したる事あるか、また不快にて不奉公をいたすか、また客来たらで手明きなる時は、ことごとく打擲に逢ふ事なり。これみな老婆が目付役にて、妻妾娘分なるものの指揮する所にて、鬼の如き形勢にて打擲するなり。その上にも尋常に参らざる時は、その過怠としてあるいは数日食を断ち、雪隠そのほか不浄もの掃除を致させ、または丸裸になして縛り、水を浴びせるなり。水湿る時は苧縄縮みて苦しみ泣き叫ぶなり。折々責め殺す事あるなり。[9]」

病気で勤務できない（不快にて不奉公）ような場合でも殴られ、食事を与えられず、便所掃除をさせられ、裸にされて縛り上げられて水を浴びせられるなどなど、たまったものではない。幽霊に化けて遣り手を脅かす話「角近江屋千代里幽霊に似せて鴇母《やりて》を欺し事」が『烟花清談』（本書第一章参照）にあるほどだから、このきびしい現場監督といかにして折り合いを付けるかは遊女たちにとってなおざりにできない課題だったろう。

仄暗い便所の底から

遊女の労働環境が劣悪だったことを背景に持つ話として、太田南畝の盟友、平秩東作《へづつとうさく》（一七二六〜一七八九）の『怪談　老いの杖』から「吉原の化物」をご紹介する。

▼吉原の化物

和推といへる俳諧師ありけり、或とき、人にいざなはれて新吉原に行しに、夜更て用事をかなへんとて厠へ行ぬ、いたく酔ければ、足もとも定らず、ふみまたぎてたれんとしけるが、何やらんある様に覚へければ、よく見るに女の首なり、ぎよつとせしが、不敵なる法師なりければ、少しもさわがず、そつと外へ出て、覗きてみて居ければ、此首ふりかへり笑ふ体、死たる者にあらず、法師手をのばして、髪をからまき引ければ、首ばかりにてはなく、紅がのこの古き小袖を着たる女なり、ぐつと引きあげければ、上へ引き出しぬ、裙は不浄にそまりて、くさき事堪がたし、何ものぞといへど、笑ふ計にてあいさつなし、和推、若き者をよびて、しか〳〵の事ありし、と云ひければ、はしり来り見て、手前女郎衆なり、此比時疫を煩て引こみ居しが、いつの間にはいりぬらん、むさき事かなとて、皆よりて裸にして、水をかけ洗ひけり、和推打わらひて、扨はばけものゝ正体見たり、左あらんとおもひし事よとて、事もなげに二階へ上りて寐ぬ、翌朝若い者方よりいひ出して、みな人和推が心の剛なりし事を感じけり、うろたへたらん武士は及ぶまじきふるまひなり、酒をよく飲みけるが、是等は上戸の徳ともいふべし、韓退之が文集の中に、厠の神の祟にて、厠へ入りし事ありしと覚へぬ、よからぬ事なるべし[10]、

〈大意〉 和推《わすい》という俳諧師が人に誘われて吉原で遊んだ。夜更けに厠《かわや》に行き便器をまたいでふと下を見ると何かがある。よく見ると女の首であった。ぎょっとしたが、肝の太い男だったので少しも騒がずそっと外に出て様子をうかがっていると、その首が振り返って笑う。その様は死んだ者のようではない。そこで手を伸ばして髪をつかんで引き上げてみれば、首ばかりではなく、紅《べに》鹿子《かのこ》の古い小袖を着た女であった。着物は糞尿に染まって臭いことこの上もない。何者ぞ、と問うても笑うばかりで答えない。和推が店の若い者に知らせると、彼らは女を見て「これは手前どもの女郎です。このごろ流行り病にかかって休んでいたのですが、いつのまにこんなところに入っていたのか、汚いことです」といって、女を裸にして水をかけて体を洗った。和推は笑って

「さては化物の正体見たり。こんなことだろうと思っていたよ」といって二階へ上がって寝てしまった。人々は彼の心の強いことに感心した。腰抜け侍には及びもつかぬ振る舞いである。和推は酒をよく飲むが、こうしたことは酒飲みの徳とでもいうべきだろう。韓退之《かんたいし》の文集中に、厠の神の祟りにて厠へ入ったとあった。よからぬ事なるべし。

元禄から享保にかけて活躍した俳人に和推という人がいる（寛保三年（一七四三）没）。もしかするとこの話の主人公と同一人物かもしれない。

さて、女郎がはまっていた便所は、もちろん現代の水洗式トイレではなく、便槽に糞尿をためる、いわゆるボットン便所である。笑い話風に語られているが、流行病で休んでいたはずなのに便槽の中に首まで浸かって笑っている女郎の狂気を「ばけもの、正体見たり」と言ってすませてよいものなのだろうか。仮に流行病としておいた時疫とはいかなる病気だったのだろうか。その行動から察するに彼女は正気を失っていたのではないか。

あまり憶測を広げるのはやめにしておくが、和推の遊んだ遊廓は、病気で寝込んでいる従業員が正気を失うような環境であったということまでは妥当な推測の範囲だろう。また『世事見聞録』の女郎に対する折檻の描写「雪隠そのほか不浄もの掃除を致させ、または丸裸になして縛り、水を浴びせるなり」がこの「吉原の化物」に描かれている場面と似かよっているように感じられる。よからぬ事なるべし。

四　人間ではない客——『耳嚢』と『黒甜瑣語』より

遊廓に登楼する客は人ばかりではなかったらしい。本書第一章掲載の『烟花清談』には挙動不審の客の正体は狐ではないかとうわさされた話「山桐屋音羽野狐に欲魅事」があるが、吉原に来る人間以外の客は狐の他にもいた。

狸も来た

うわさ好きの町奉行、根岸鎮衛の随筆『耳嚢』には客は狸だったという話が書き留められている。もっとも根岸は『耳嚢』の序で「かゝる人の偽は知らず、唯聞し事を有のまゝにしるせり。」（真偽は問わず聞いたままに書き留めた）と言っているので、この話も面白いほら話として書き留めたのだろう。

▼狸遊女を揚し奇談の事

文化十一年の春、都鄙専ら口説なしけるは、狸遊女を揚て遊びしと云ふ事、委敷尋しに、真偽は知らず、吉原江戸町弐丁目佐野松屋といへる遊女屋に、佐野川といふ遊女は、二、三会も来りて揚遊びし者有しが、右遊女に執心なりし様子にて、遊女も余所ならずもてなしけるが、或夜殊の外に酒を過し、右客朝寝して前後も知らず有りしに、右客を起すとて禿など来りて、わつといふて泣出しける故、みな〳〵驚きて其様を聞しに、「右客は人間にあらず」と口〳〵に罵りしが、「いづくへ至りしや、行衛なくなりしは」と追々糺しければ、いか様にも狸の化来りしに違ひなしとや。さて佐野松屋、「狐狸の類ならば請取し勤も、誠の金ならじ」と改見しに、正金に紛無かりし故、亭主のいへるは、「正金に候上は、盗賊などの客に成り来りしよりは、遥に宜敷事」と言ひて笑ひしとなり。(11)

〈大意〉　文化十一年（一八一四）の春、狸が遊女を買って遊んだという話でもちきりになった。詳しく尋ねてみると、本当かウソかはわからぬが、吉原江戸町二丁目の佐野松屋という遊女屋の、佐野川という遊女のもとに二回三回と来て遊んだ客がいた。この客は佐野川にご執心の様子で、佐野川も親しげにもてなしていた。ある夜、客が酒を飲みすぎて翌朝になっても目を覚まさずにいたので、この客を起しに行った禿が、「ワッ」と言って泣き出した。皆々驚いて、どうしたんだ、と尋ねると、「あのお客さんは人間じゃない」とのことで大騒ぎになった。どこへ行ったのか、姿は影も形もない。あとで禿によく尋ねてみた結果、さだめし狸が化けて来たのに違いなし、ということになった。

さて、佐野松屋の楼主は、客が狐狸の類なら受け取った小判も本物ではあるまい（さては木の葉か）と、客の支払った小判をあらためてみた。すると、まぎれもなく本物であった。楼主は

「本物の金でお支払いいただいた以上、（たとえ狸であっても）盗賊などが客に来るよりは、はるかによろしきこと」と笑い飛ばしていた。

猫も来た

吉原に遊んだのは狸ばかりではない。国学者・人見蕉雨（一七六一〜一八〇四）の随筆『黒甜瑣語』（初編巻之二）には、客が実は猫だったという話がある。

▼猫の挙動

「京町の猫かよひけり揚屋（あけや）町」といふは、宝井普子か句にて故事も世人よく知れり。一友人の物語りに正保の頃五丁町の尾張屋とやらんへ一客人来りて、女郎を三日揚つめにせしか、三日めに客草臥しと見え暫し仮寝せしに、女郎要所より戻りかゝり客の熟睡の体を見れは先の日と違ひ毛の生へし頬輔（かまち）なり。是はと驚きながらよく見るに猫の化（ばけ）たるにまがふへくもあらす。襟の中より紅（もみ）の首輪をはめしも見え、御局おあや預（あつかり）と云る下牌（さけふた）も付てあり。女郎密に立去り此事を知らせしに、一家立さわき往て見るに、早くも悟りしと見えて行衛なし。其後此事を世に沙汰し聞しに、御城のおあやといふ仕女の預し猫、其頃見えさりし事ありとかや。(12)（以下略）

宝井其角（一六六一～一七〇七）の句「京町の猫かよひけり揚屋町」は三浦屋薄雲の猫の話（本書第一章掲載の「三浦屋薄雲愛猫災を遁し事」）に引かれる句で、その話かと思いきや、尾張屋の客は大奥のお局の飼い猫で赤い首輪に飼い主（御局おあや）の名前まで書いてあったという話。正保の頃（一六四四～一六四八）というから遊廓が日本橋（元吉原）にあった頃のことなので、江戸城の猫が遊廓に迷い込むこともありそうだと思わせるところがこの話のミソか。

遊女の客が実は猫だったという話は、天和三年（一六八三）刊の浮世草子『新御伽婢子』にも「遊女猫分食」と題された話がある。こちらは長崎の丸山遊廓が舞台。客は十六、七歳の美少年、彼が実は猫だったので、相手をした遊女は「猫分食《ねこわけ》（猫の食べ残し）」とあだ名をつけられたというオチだ。

猫と狸の関係はよくわからないが、化け猫の話を集めていると、食い殺した老婆に化けていた妖怪の正体が、ある話では猫で、ほぼ同じ筋立ての別の話では狸だったりすることがある。怪談の世界では猫と狸は互換可能だったらしい[13]。

五　僧侶の廓通い――『兎園小説』、『道聴塗説』、『吉原徒然草』より

吉原に通ったのは狐や狸や猫ばかりではない。煩悩たちがたく、剃り上げた坊主頭にカツラや頭巾をかぶせて遊廓に通った僧侶もいたらしい。

叱ってくれる人

『八犬伝』で有名な曲亭馬琴（一七六七〜一八四八）の『兎園小説』にある「北里烈女」は、馬琴らしい教訓話にもなっている。

▼北里烈女

〈大意〉　天明年間（一七八一〜一七八八）に、芝の増上寺の修行僧に霊瞬というものがいた。親しい友だちに誘われて北里すなわち吉原に行き、玉屋の遊女・琴柱と出会った。美男子の霊瞬を琴柱は気に入り、時々おいでくださいなと誘った。霊瞬は僧にあるまじきこととは思ったものの、愛欲の情抑えがたく、吉原通いに夢中になった。幾度も通ううちに琴柱に身の上を尋ねられたので、ありのままに語り聞かせた。

「そうなの、増上寺のお坊様でしたか。それなら将来は高い地位に上り、立派なお寺のご住職になるのでしょうね」

「いやどうかな、同輩たちは学問に励んでいるから、いろいろな役職について、運が良ければ大僧正にもなれる者もいるのだろうが、私はどうもね。金がなければ出世につながらないのさ」

琴柱は霊瞬の愚痴を親身になって聞いていたが、後日、また霊瞬が訪ねてくると彼女は「縁があってあなたと親しくなりました。これもなにかの運命というものでしょう」と言って一包みの小判を出して霊瞬に与えた。「これを元手にして、かならずや成り上がってください。今宵をかぎりとして吉原に来てはなりません。他の女にも近づいてはなりません。私は近いうちにあの世に行って、あなたの身を守りましょう。必ず忘れないでください」

霊瞬は、初めのうちは思いもよらないことだと言って金を受け取ることを拒んだが、琴柱の志の誠実なことに感じ入って承諾した。

それから幾日もたたぬうちに琴柱は自殺した。心の病だったのだろうと聞いて、霊瞬は驚き、悲しみ、彼女に法号をつけて日々に回向していたが、一年ばかり過ぎてみれば、その思いも薄れて、また友にすすめられて、品川に遊女を買いに出かけた。さて女を抱こうとしたその時、琴柱の在りし日の姿があらわれて、「どうして私との誓いを忘れなさったのか」と霊瞬をとがめた。その顔は心底よりの怒りの表情で、それが恐ろしくて霊瞬は逃げ帰った。

以来、毎日、琴柱への回向は怠らなかったが、年月を経てまた（もういいだろうと）遊女のもとにゆくたびに、以前のように琴柱の幽霊が出て霊瞬を叱った。それより霊瞬は不邪淫戒を守り、一心に学問に精進した。やがて宗門内で昇進し、京の智恩院（浄土宗総本山）の住職になって、聖誉大僧正の称号で呼ばれるようになった。(14)

聖誉と号する大僧正で知恩院住持（知恩院六二世）であった人物に霊麟（元文四年〜文化三年）がいる。霊瞬と名前は一字違い、時代も少しずれているので別人だろうが、参考までに記しておく。

しつこい和尚

儒者・大郷信斎《おおごうしんさい》（一七七二〜一八四四）の風聞録『道聴塗説』にも吉原遊女と僧侶の話がある。

▼妓女の不貞淑

〈大意〉　新吉原江戸町二丁目和泉屋平左衛門の抱えの遊女・泉川は、全盛の名高く、彼女のために心を悩まし財産を失う者は多かった。その中にある大寺院の住職がいた。ただただ夢中で、夜となく昼となく吉原に通っていたが、泉川は気に入らず、つれなくあしらっていたけれども、和尚はそれを気にする様子でもなかった。

泉川はどうにかしてこの坊さんを遠ざけようと計略をめぐらし、これまで吉原で費やした金銭も莫大だから、今はふところに余裕もないだろうと推量し、大晦日の朝、急に手紙を書いて、どうしても必要な出費があるので金子百両お貸しくださいと無理難題をふっかけた。ところが昼過ぎには和尚が約束の金子百両を持って来てしまったので、金の切れ目は縁の切れ目作戦は失敗に終わった。

泉川は和尚を来させないためにはどうしたらよいかと思い悩み、ある修験者を頼んで足留の祈祷をしてもらった。その効果が現れたのだろうか。ある日、和尚が来て、さめざめと泣きながら、お前に会うのも今日が最後だ、なんと悲しい事か、私は出家にあるまじきことに、お前の色香に惹かれて破戒僧となり、吉原通いのために借金はもちろん、寺の備品までことごとく売り飛ばした、おかげで今では檀家も許してくれず、江戸に住むこともかなわず、遠く伊豆へ引き籠る、これで君の姿をいつかまた見ることもできまいと、くどくどと泣き口説き、別れを惜しみつつ立去った。泉川は大喜びで、それからほどなくして恋人に身請けされて吉原を出た。

ところが去年の夏の頃より、泉川はふと病の床に臥し、医療も効果がなく、症状は日々に重くなったので、何かの祟りだろうかと、巫女を招いて口寄せをすると、おそろしや、伊豆の和尚が生霊に疑いなしとのことだった。そこでお祓いに大金を費やしたが、露ばかりも効果はなし。これは冷たくされたこと、または金銀を浪費させたのを怨んでのことではなく、今、かくも遠い国（伊豆）に住んで会うことができないので、朝に夕に恋慕の一念がつのり、やるせなさのあまりに、その思いが生霊となったのだと言う。泉川は日ごとに衰え、八月の末に、ついに亡くなった。三田小山長久寺に葬った。末法の世だから、破戒の僧がいるのは仕方がない。いかに遊女といえども、泉川の不貞淑は憎むべし。哀れな最期を遂げたのも当然というべきだ。(15)

女郎の誠と……

ちなみに泉川が葬られた三田小山長久寺は現存する。東京都港区三田にある松蓮山長久寺（寛永五年〈一六二八〉創建）である。坊主の生霊が女にとり憑くというあたり、芝居の清玄桜姫ものでも意識したものか。

この「妓女の不貞淑」は先に紹介した馬琴の「北里烈女」と読み比べると、いささかもやもやする。どちらの話でも、原則として不邪淫戒を破って吉原に通う坊さんの方が悪いのである。ただ、玉屋の琴柱は若いイケメン修行僧を気に入って推してくれた。和泉屋の泉川はしつこい和尚を嫌って避けようとした。それだけのことだ。それなのに、琴柱を烈女と讃え、泉川を不貞淑と非難するのは、どちらにしても男の都合が丸出しで格好が悪い。

そもそも泉川の客だった和尚も塩対応されたことや大金を使わされたことに文句を言っているのではない、と本人（生霊）が言っている。ただただ会いたい一心でとり憑いている、というのだから純情というよりはやはり粘着というべきか。それなのに買春坊主の肩をもって遊女の不貞淑を責めるのはいかがなものか。江戸っ子なら、べらぼうめ、女郎の誠と玉子の四角はないと相場が決まっているじゃないかと笑うところだろう。

大蛙は坊主の一念か

吉原の遊女屋や引手茶屋の経営者らは蔑称である「忘八」（不道徳な者）と呼ばれることも、自らそう名乗ることもあった。彼らは忘八と卑下してはいたが、大名・旗本などの上級武士や富裕な商人を上客としていたから、それなりの教養もあり文章の達者な者もいた。本書掲載の『烟花清談』の著者、葦原駿守中も仲の町の引手茶屋の主、駿河屋市右衛門であった。

『吉原徒然草』は江戸町一丁目の遊女屋結城屋の主が書いた『徒然草』のパロディである。そこに次のような話がある。ちなみにこの話のタイトルは本家『徒然草』からの引用で、元の話は顔が腫れて鬼のようになる奇病の話である。

▼四十三段　唐橋中将と言人の子に

伏見町玉やに大隅《おおすみ》とて、能《よき》女郎ありけり。人のおもひありて煩はしく臥たりけるに、おゝきなるかいろ来《きた》りて枕元に付添ければ、人〳〵《ひとびと》取捨ければど、なを跡より来て、大隅がそばをはなれねば、薬も廻《まは》らず、やせおとろへたるが、只おそろしうう は言いひて、目を見だし顔にあせしてくるしみける。後《のち》は坊主の一念禿《かぶろ》に付、恋の恨《うらみ》を口ばしりけり。かくて猶煩はしくなりて、死にけり。

かかる病《やまい》も有事《あること》にこそ有けれ。(16)

〈大意〉（吉原の）伏見町の玉屋に大隅という美人の女郎がいた。誰かの生霊が憑いて病気になって寝込んでいると、大きな蛙が来て枕元に付き添うので、店の人々が取り捨てても、蛙はなおもあとから来て大隅の側を離れない。（そのためか）薬も効かず、やせ衰え、ただ怖ろしいうわごとを言って眼を見開き、顔から汗を流して苦しんだ。その後、坊主の生霊が（大隅の）禿に取り憑いて恋の恨みを口走った。（大隅の）病いは重くなり死んでしまった。

この話の蛙はただの両生類ではなく、大隅に恋い焦がれて、ふられた坊主の一念の化身だったのだろうか。

しかし、坊主の一念が禿に憑いたとあるのが気にかかる。蛙ではなく少女に憑依して恋の恨みを述べたのだ。そうすると、三浦屋の薄雲の猫の話（本書第一章）の例もあるので、もしや大蛙は坊主の生霊から大隅を守っていて、それを周囲の人が気味悪いと捨てたから大隅の病が重くなった可能性もないわけではないようにも感じる。短いがなかなか怖い話である。

六　裏切りの代償――『隣壁夜話』より

安永九年（一七八〇）刊の『隣壁夜話《りんぺきやわ》』は短い怪談・奇談を集めて編んだいわゆる怪談集である。その序によれば、茶店の「隣座敷の客の中に有髪なる宗匠らしき老人」がいて、怪談話で盛り上がっていたのを盗み聞きして書き留めたという体裁をとっている。

▼『隣壁夜話』序より

女《おんな》に付《つい》て奇怪《きくわい》の咄《はな》しあれば今女の善悪を語りし序《ついで》にとて怪談《くはいだん》に及ぶ　とかくかしこきも愚《おろか》なるもやめ難きは此《この》まどひ也と昔の大通《だいつう》が徒然草にいゝしも去《さる》こと也　兎《と》にも角にも御用心あるべきは女也恐《おそ》ろし恐ろしと云ながら怪談を始めける儘猶《まゝなを》面白くて隣づから鼻紙の端に書留侍りぬ(17)

この『隣壁夜話』には吉原遊女との約束を破って怖い思いをする男の話が二つある。その一つ、「京町の人魂」は、この話とほぼ同じプロットの話が、寛政六年（一七九四）刊の『壺菫』（大高洋司・近藤瑞木編『初期江戸読本怪談集』国書刊行会、二〇〇〇所収）、寛政九年（一七九七）刊の『怪談暉草紙』（倉島節尚編『近世恠奇談』古典文庫五五一所収）にある。後者は前者の改題だそうだ。この話はここで紹介するにはいささか長いので大意のみ掲載する。

▼京町の人魂

〈大意〉　下谷（台東区）あたりの武家、左太郎（二十歳）は、親に早く死なれ、家には親の代からの老僕が一人という気ままな境遇で、勤めの他には廓通いで遊び暮らしていた。

この左太郎は吉原の鈴木屋の遊女、立花という名の傾城に馴染み、将来を約束しあっていた。

ところがあるとき、上司から断りにくい縁談を持ちかけられ、心ならずもその娘と結婚するはめになってしまう。困った左太郎は、ともに遊廓で遊んだ友だち、俳諧の宗匠・春叔と長者町（下谷）あたりの質屋の息子・喜七に立花への言い訳の使者を頼んだ。

春叔と喜七の両人は日暮れ前に京町の鈴木屋の店先に着き、立花に面会を申し込んだ。ひとしきりの世間話の後、両人は立花へ左太郎の縁談のことを切り出し、彼の立場上断り切れなかったことなど、言い訳につとめたが、立花の怒りは物凄かった。

「其時立花火鉢にあたりいしが　ハァットいふてうつむき　火箸を杖につき　しばし物もいはずいたりしまゝ　そばより両人　是々さ様に取のぼせてはあしかりなん先心をしずめ給へ　とゆすりければ　立花は顔ふり上　残念なる　と云て　うしろにありし箪笥の紋どころは左太郎が紋付しが其紋所へ火箸をぐさと突立けり　立花顔色只ならず恐しや火箸根元までつつ立たり」

立花の態度に両人は言葉もなく鈴木屋を出て、とりあえず左太郎にこの状況を伝えようと帰路を急いだ。大雲寺（大音寺、台東区竜泉一丁目に現存）前にさしかかったときのことである。

「不思議や　京町の下の方より火の玉飛出　両人が上へ向ひ飛来ル　折ふし小雨ふりし故相がささしける上へうつりて　気も魂もきへ　両人は目と目を見合　無言にて走り出し」ようやく茶屋町にたどりつき、カゴを頼んで下谷の左太郎宅前に着いたのは夜更けだった。もはや人通りもない時間なのに左太郎宅の門前に「何やら人の影のやうにひらひらと白き物」を見た両人が左太

『怪談頤草子』巻之四より、箪笥に火箸を突き立てる場面
（『近世侘奇談』304 ～ 315 頁）

郎の寝室に急ぐと、左太郎は気を失っていた。

　両人に介抱されて目をさました左太郎がいうには、夢に立花が現われて恨みを述べたという。両人は京町での立花の様子を話し、そのまま左太郎宅に泊まった。春叔・喜七の両人が鈴木屋を出た後、立花は格子に手ぬぐいをかけ、首を吊って死んでいたとのことだ。

　さて、その後、左太郎は病気がちになったが、約束の婚礼の日がきたので仲人縁者などが左太郎宅に集まり、輿入れが行なわれた。いよいよ盃事という段になって一同が座敷に入ると、白装束の女が一人、先に座敷に来ていた。左太郎が見るとそれは立花だった。一座の人々にどうにも説明のしようがなく下を向いていたが、人々はどこかから手伝いに来た女中かと思ったようで、滞りなく婚儀は進んでいく。

花嫁が左太郎に盃を渡そうとしたその時、立花が間に入ってそれを奪い取り、恐ろしい形相で花嫁をにらみつけた。花嫁は気を失い、一座は大騒ぎになった。花嫁は実家に帰されて養生する事になったが治療の甲斐なく七日の内に病死した。その後、左太郎もその月の内に病死、仲人も、半年もたたぬうちに死んでしまった。(18)

この話は最後に「語るも罪深きむかしがたりと老人かたりき」としめくくられていて、語り手の体験談であることをにおわせている。

吉原・京町から逃げ出して左太郎の屋敷に急ぐ春叔と喜七を襲う火の玉、左太郎の家の前の白い人影、婚礼に紛れ込む白装束の女、花嫁を脅かす立花の幽霊、関係者の死、と怪事が続くが、やはりクライマックスは立花が焼け火箸を箪笥に付けた左太郎の家紋に突き立てる場面だろう。「立花顔色只ならず恐ろしや火箸根元までつつ立たり」。

鈴木屋の立花にしてみれば、若い武士との身請けの約束は、吉原という苦界から逃れる頼みの綱であっただろう。店で使っている立花の箪笥に左太郎の家紋が付いていたというのも、いずれは武家の奥方、は無理でも、せめて側室くらいの待遇になって、この吉原から外に出たいという願いがあってのことだろう。それが断ち切られたのだから、立花は怒った。「残念なる」の一言が重い。ズシンと腹にこたえる。そして灼熱の火箸で金属製の紋所を突き通すほど怒った。

春叔と喜七は「あ、これは絶対に許してくれない」と震え上がったに違いない。「兎にも角にも御用心あるべきは女也恐ろし恐ろしと云ながら怪談を始め」た「有髪なる宗匠らしき老人」とは、やはり物語中の春叔（俳諧の宗匠）その人という設定ではなかったかと思われてならない。

どうしようもないクズ男

もう一つの、「角町橋本屋の不心中[19]」は本書第一章掲載の『烟花清談』にほぼ同じ話「橋本や紅が横死之事」がある。そこで本章では『烟花清談』との相違点にふれながら大意のみ紹介する。

▼角町橋本屋の不心中

〈大意〉 ある武家の弟、雲秀（『烟花清談』では雲中子）は、角町橋本屋の遊女くれない（『烟花清談』では紅）と心中する約束をしたが、いざ自分を刺してみたら血は出るし、死ぬのが怖くなって、くれない一人を刺し殺したまま逃げ出してしまった。

行方をくらました雲秀は出家して修行僧として日々を過ごしていたが、くれないを殺した日からちょうど一年目、千住（東京都足立区）の村を歩いていたところ、ある家の老女から「今日は法要の日なので、うちに泊まって回向していってください」と呼びとめられて、その家に泊まり弔いをすることになった。故人の戒名（『烟花清談』では刃誉妙劔信女だが『隣壁夜話』にはない）を見ると、去年の今日が命日である。思い出せば去年の今日は橋本屋くれないを手にかけ殺した日、かわいそうなことをしたなどと思いながら念仏を称えていると、十三四歳くらいの少女が来て、つくづくと雲秀の顔を眺めて言った。

「あなたは雲秀様ではないか。姉様をお前が殺したと伝え聞いたが、その後は行方知れず。私は二、三年前、しばしの間、雇い禿（『烟花清談』では錦という名）として姉様に使われていたから、あなたの顔はおぼえている」

雲秀は胸の内でドキリとしたが、さりげなく「いや、私はそういう者ではありません」と答えても、少女は「雲秀様に間違いない。このことは母には言わずにおく。あなたも出家したことだから、今さら恨みを言うつもりはない。これも縁でしょう、姉様の一回忌だから朝まで念仏を称えて供養してください」と頼んだ。（以下、『烟花清談』とは違う結末になる。）雲秀はなおも素知らぬ顔で念仏を称えながら何とも気味悪く、くれないの妹が席を外したすきに、何もかも打ち捨てて裏口より裸足で逃げ出した。

その後、雲秀は方々を流浪し、年老いてから江戸に戻り誹諧の宗匠をして暮らした。雲秀の過去については薄々知っている人もいたが、年月も経っていることだし口に出す人もなく、宗匠として病死した。自分の手で殺した遊女の実家に一回忌の日に泊まるというのも不思議な因縁である。まことにうつ人もうたる、人もともに消行《きへゆく》むかし語りとはなりし也。

心中をするつもりで相手を刺し殺しておきながら、自分を刺してみたら痛いから嫌になったという雲秀はどうしようもなく情けない男だ。『烟花清談』の雲中子は紅そっくりの少女に正体を指摘されても約束通り朝まで回向を続けて、また修行の旅に出たが、『隣壁夜話』の雲秀は、くれないの妹のすきを見て逃げ出した。それも「何もかも打捨てをき裏口よりはだしにて逃出ける」というから呆れかえる。

『隣壁夜話』は『烟花清談』にある次の印象的な場面を落としている。

……雲中子が亡き人（実は紅）を回向していると背後から念仏を称える女の声がする。不審に思い後ろをうかがうと自分の殺した紅とよく似た顔の少女がいた。気絶しそうなほど驚いた雲秀がよくよく見れば、服装は違うが顔はかつての紅そっくりである。少女は恨めしげに雲中の顔をながめて言った。「恨めしい人よ、お見忘れなされたか。私は紅の妹で」……。

主人公のクズ男ぶりを際立たせているのは『隣壁夜話』だが、怪談としては、この場面のある『烟花清談』の方が優れているように感じる。

七　娼妓たちの語る怪談――『吉原花魁日記』より

以上、吉原遊廓を舞台にした、あるいは吉原と関連のある江戸時代の奇談をご紹介してきたが、いずれも書き手が男性であることが気にかかる。男ばかりで話していると、いきおい『隣壁夜話』の序にあったように「兎にも角にも御用心あるべきは女也恐ろし恐ろし」という揶揄気味のトーンで語られることになる。

しかし、吉原の人口の圧倒的多数は女性である。出来れば遊女自身の書き残した怪談があれば読みたいのだが、管見の限りでは見当たらなかった。ただ、時代は違うが参考になりそうな記録はあった。大正時代の吉原遊廓で娼妓をしていた女性の日記『吉原花魁日記――光明に芽ぐむ日』である。

吉原遊廓は明治五年の芸娼妓解放令以降も貸座敷等と名を変えて営業を続けていた。ただし『吉原花魁日記』が描くのは、同書に寄せた序で柳原白蓮（歌人、一八八五～一九六七）が嘆いているように江戸時代の吉原の華やかさや格式はどこへやら、娼妓たちの苦渋に満ちた生活の記録である。そのなかに、ある夏の晩、四、五人の娼妓たちが怪談話に興ずる場面が記されていた。

例の問題の部屋

娼妓の一人が「妾《わたし》今五番の部屋でうとうとしていたら、ほんとうに魘《うな》されて仕舞ったわ。」と話し出す。意識ははっきりしているのに「何となく手が痺れて、体が動かない」、そして「そら、あの、きれいな花魁が、しかけを着て、窓から首を出す」夢を見る。「何となく怖くなってきて、起きようとしたが起きられないじゃないの」。

「ほんとうに気味が悪いわね、（中略）それから、あの例の問題の部屋ね、十五番さ、××さんがあそこで魘されると間もなく妾の客が魘されたのよ、妾何だか、その話を聞くと怖ろしくて、あの部屋ばかりは入る気になれないわ」

「またあの十三番と来たら、陰気臭い薄気味の悪い部屋だもの、一人で寝ている時なんかに、足の見えない花魁が出てきて、スウスウ蒲団を引いてごらんなさい。ああ怖い！」

そして、こうした怪異の原因として非業の死を遂げた娼妓の祟りが挙げられる。

「家《うち》であっちでもこっちでも魘されるのは、去年かん部屋で死んだ力也さんね、それから震災の時に死んだ花里さんね、きっと二人が祟っているんだって皆云っているから、そうかも知れないわ、妾その話を聞いて無理はないと思うよ。あの二人だけは死んでも死にきれなかったろうと、いつも考えるんだけれど……実際家の親爺ほどひどい奴はいないと思うよ（以下略）」(20)

この後、彼女らの話題は親爺（楼主）の非道さに移り、梅毒にかかった娼妓の入院を渋る薄情さ、震災で娼妓を見捨てて自分だけ助かろうとする自分勝手、家が潰れても金庫に抱きつく守銭奴ぶりなど、忘八という言葉を連想させるようなエピソードが次々に語られる。

これが実際に吉原で娼妓をしていた女性たちの語った怪談の記録である。怪異は怖い、気味が悪い、それは死んだ遊女の祟りであろうとされるが、祟る遊女については同情が示され、彼女らを死に追いやった楼主の非道さをなじる。

これまで挙げてきた吉原怪談の中でこの話ぶりに近いものは、太田南畝が『半日閑話』に書き留めた「中万字屋の幽霊」くらいだろうか。あるいは、これは吉原が舞台ではないので本書では取り上げなかったが、根岸鎮衛の『耳嚢』に深川の娼家で遊女が語ったという怪談「怨念無しと極難き事」がある。[21] いずれも遊女屋のリンチで責め殺された遊女の亡霊の話である。

遊廓に客として通う男たちは、疑似恋愛の相手としての遊女から自分がどう見られているのかが気になったのだろうが、当の遊女たちの関心は、客のことより楼主や遣り手の締め付けにどう対抗するかにあったようだ。『烟花清談』の「角近江屋千代里幽霊に似せて鴇母《やりて》を欺し事」（本書第一章掲載）もそうした話の一つかもしれない。

〔注〕

（1）『好色百物語』巻五「口吸ふとて舌喰切事」、吉田幸一編『恠談百物語』古典文庫、一九九九、六五頁。

(2)『耳嚢(中)』岩波文庫、一九九一、二〇五頁。
(3)馬場文耕『武野俗談』「松葉屋瀬川卜笠に名高き事」、友朋堂文庫、大正十一年、三八三頁。
(4)馬場文耕、前掲書、三四七〜三四九頁。
(5)『太田南畝全集第十一巻』岩波書店、一九八八、三三四頁。
(6)久留島元『天狗説話考』白澤社、二〇二三、二二五〜二二六頁。
(7)「半日閑話」『日本随筆大成〈第1期 第8巻〉』、二六三〜二六四頁。
(8)飯塚友一郎『歌舞伎細見』第一書房、昭和二年増補開版、「玉菊燈籠」の項。
(9)『世事見聞録』岩波文庫、一九九四、三三一頁。
(10)『新燕石十種　第五巻』中央公論社、一九八一、二九頁。
(11)『耳嚢(下)』岩波文庫、一九九一、二六一頁。なおほぼ同じ話が『続日本随筆大成別巻10巻』所収の『豊芥子日記』にもある。
(12)『黒甜瑣語』『人見蕉雨集』第一冊、秋田魁新報社、一九六八、四六頁。
(13)門脇大「江戸怪談の猫――猫と狸と」『猫の怪』白澤社、二〇一七所収を参照。
(14)『兎園小説』『日本随筆大成第二期1巻』吉川弘文館、一五六〜一五七頁。
(15)大郷信齋『道聴塗説』第二十編より。三田村鳶魚編『鼠璞十種　中巻』中央公論社、一九七九、三一四〜三一五頁。
(16)上野洋三校注『吉原徒然草』岩波文庫、二〇〇三、五九〜六〇頁。
(17)「隣壁夜話」、『洒落本大成 第9巻』中央公論社、一九八〇、三二三頁。
(18)「隣壁夜話」『洒落本大成 第9巻』中央公論社、一九八〇、三二四〜三二七頁。
(19)「隣壁夜話」『洒落本大成 第9巻』中央公論社、一九八〇、三二七〜三二九頁。
(20)以上、森光子『吉原花魁日記――光明に芽ぐむ日』朝日文庫、二〇一〇、一七五〜一七六頁より構成。
(21)『耳嚢(上)』岩波文庫、一九九一、六〇〜六一頁。

〈コラム2〉

隔離された遊女屋と怪談

渡辺　豪

私は遊廓の取材を二〇一〇年頃から続け、約五〇〇箇所ほどへ赴いた。取材先では、地域住民から遊廓にまつわる怪談を聞く機会にも恵まれた。まずは紹介したい。

「松坂屋（筆者註・遊女屋の屋号。以下同様）では、客のよりつかぬ部屋があった。夜になると、障子に女の髪の毛のさわる音がする。紙の上をさそりが這っている音に似ていて不気味なものだったそうだ。また松本屋では、アンドンの灯をともすと、すぐに消えてしまう部屋があった。夷屋では、夜の十二時を過ぎると、障子の外に身体は人間で首から上は猫の形をした亡霊が映ったといわれる。客がそれをみて気絶して大騒ぎになったこともあるそうだ。東屋では、楼主の虐待で狂い死んだ遊女がぺっとりと血潮のついた両手を床の間の壁につけた。洗っても洗ってもそれが消えない。とうとう壁をぬりかえたが、またあらわれるので、部屋は密閉してしまった[1]」

確かに恐ろしくはあるが、類型化された怪談の一つに過ぎず、特殊性にも乏しい。事実、類似の怪談を他所でも聞いた。私はかつて吉原遊廓があったエリアで遊廓専門書店を構えて営んでいるが、当地に伝わる怪談には以下がある。

「関東大震災では遊女が閉じ込められ、逃げ遅れた数千名が池で溺死した。花魁の幽霊が出る」

YouTubeには、吉原にあった池を心霊スポット扱いし、こう紹介する動画も多い。これについては最後に述べたい。

仮に話し手が怪談を史実と誤認していたら、むしろ問題は重層的となる。史実ならば遊女は苦境に置かれていたはずだが、私が聞いた怪談の話し手はどこか残酷さを愉しむかの表情を浮かべている点で共通していた。その人物は地元の遊廓をガイドするなど、郷土史愛好家と日頃呼ばれる立場にもあった。怪談よりも、このことに名状しがたい恐ろしさを覚えた。

私が怪談に対して興味を覚えるのは、真実性や創作性ではなく、地元がこうした怪談を生み、伝えてきた事実である。

ありふれていて他愛ない怪談は、歴史学や民俗学に無視され、まして文学でもない。しかし脈々と伝えられてきた怪談を無視して良いのだろうか。

結論を先取りすれば、怪談は遊女（遊廓関係者）に向けた蔑視観と連動しているのではないか――。

＊

室町時代から近世初期にかけて、京では遊女屋が町共同体から隔離されて遊廓が形成された。遊女屋の地理的隔離が遊女へ向けた卑賤視を招いた(2)。

この指摘は実地に取材した私の実感と重なる。遊女屋の隔離化が早くから進んだ県庁所在地規模の大都市ほど、遊女（後の時代の娼婦も含む）を軽んじる言葉に疑いを差し挟まず話す人が多かった。かつて遊廓があった京都市のある地域では、商店主（女性）から「遊廓がなくなって男さんが可哀想。街も寂しくなったし、性犯罪も増えた」と聞いた。確かに商いの視点ではそうかもしれない。が、賑わいと安全を下支えしてきた人々は誰で、どういった人々であったのか、最後まで触れられることはなく、聞いたこちらに澱のようなものだけが残った。反対に地方へ行くほど個々の事情が斟酌され、「子供の頃に『女郎さんは自分のせいであの仕事をしているのではない。バカにしてはいけない』と親から教えられた」と述懐する人も多かった。加えて、ときおり言い淀む姿には傍観や依存への後悔が重なって見えた。

＊

江戸や京といった都市部では、近世初期に僻地へ集めた遊女屋を囲繞して遊廓が形成されていったが、いっぽう地方において遊廓は明治中期以降に多く形成されていった。[3]

明治三三年、内務省令「娼妓取締規則」によって、遊廓の全国的統制が図られた。[4] 同年、同省は「貸座敷免許地標準内規」[5]をもって遊廓の立地条件を定め、「市街中心部や都市の主要施設から離れた場所に立地させる」[6]ことを以下のとおり示した。

一、別に一廓をなし、通行路に当たらざる事
二、最近の社寺、公園、学校、官衙、病院、鉄道、停車場、市場、主要なる公道等より相当の距離を有する事（後略）

都市部においては近世初期にかけて、地方においては明治にかけて、遊女とされた女性たちを切り離していったのである。遊女とされた女性は「隣人」ではなくなり、私たちは治安や衛生などが整った都市生活を手に入れた。「社会上やむを得ない悪」[7]と扱い、〝小事〟の犠牲に目を背けることは戦後まで貫徹された。

＊

佐渡に興味深い事例がある。吉原遊廓が創設された元和四年（一六一八）よりも早い慶長十七年（一六一二）の文献から、佐渡の相川に遊女が確認できる。[8] 佐渡金山で知られる相川には遊女が「充満」したとある。享保二年（一七一七）、遊女屋は町から隔離されて、周囲を柵で囲み、水金《みずかね》遊廓と称した。当時、遊女屋一一軒があり、遊女三〇余名がいた。[9] 江戸や京

と同様に、近世に町から切り離された遊廓である。

　小木は慶長十九年（一六一四）に幕府の直轄港となり、以降、本州との玄関口、北前船寄港地としてひらけた。延享年間（一七四四〜一七四八）から遊女の存在が確認できる。同年間には遊女屋類似業五九軒があり、遊女七二名がいた[10]。小木では相川と異なり、後年まで町との混在状態が続き、隔離されなかった。小木の遊女は飯盛女すなわち私娼扱いだが、課税[11]されていた点では相川の遊女同様、公娼の側面を有する。近世における公娼、私娼の区別に曖昧さを残しつつも、近代以降は等しく公娼とされた。明治一〇年における相川の遊女三三名、小木六九名を数える。大正三年には相川一〇名、小木は三四名とおよそ半減するもいずれも小木が上回っている[12]。

　相川と小木はそれぞれ幕府直轄の鉱山と港に拓かれた町で、立地や規模に差異はあれど、隔離と混在の点で好対照をなしている。

　佐渡博物館館長を務めるなど、地元に大きな貢献を残した磯部欣三は、佐渡の遊廓についても著した郷土史家である。磯部は地元関係者から聞き取った怪談を自著で以下と述べる。

（遊女の）「哀れな生活を裏付けるのは水金怪談である。このような怪談話は小木にはなく、水金町固有のものだ[13]」

　すなわち怪談は水金遊廓に偏り、小木遊廓には存在しないとする。冒頭に挙げた「松坂屋では」で始まる怪談は水金遊廓のものである。遊女人口の規模で言えば、小木でこそ怪談が多く生まれるはずだが、そうではなかった。

　遊廓にまつわる怪談は、地域住民が犠牲にして顧みなかったことへの恐れが生んだのではないか。

「歴史は勝者によって書かれる」と語り遺し

たのはW・チャーチルだが、ならば遊女とされた女性が遺し得た史料は限りなく少ない。たとえ類型化された怪談であっても、それを指して「ありふれて他愛ない」を理由に退けることは、彼女らの生きた証の欠片を無視するように思えて、私は首肯できない。当時の人々の心性にまで視野を広げれば、ありふれていて他愛ない事実を、そのまま等閑に付されてきた蔑視観が遍在してきた状況に読み替えることもできる。

＊

磯部は小木の遊女を指して、こうも述べる。「小木には売春を専業とした遊廓はなく、主に問屋や宿屋が兼業として遊女を囲っていたのである。彼女らは飯盛女といわれて給仕女であったり、酌婦であったり、遊女であったりした。だから多分に女房的な性格を持った[14]」

森崎和江が「性欲を満たす娼婦」と「生殖を叶える妻」に女を二分した社会を指摘[15]したように、「女房的な性格」が持つ牧歌的な響きをそのまま受け容れることは難しい。しかし、少なくとも小木の遊女は「恐ろしい存在」にはされなかった。それは遊廓史の片隅に記録されてもいい。

＊

最後に、冒頭で保留した吉原の怪談について述べたい。これまで地域住民のまなざしについて縷々述べてきたが、どこからでもアクセスできるネットは地域性の垣根を低くし、先に挙げたYouTube動画が多くの再生数を獲得している点で、「どこか遠くの地域住民」のできごとではない。

――関東大震災時に池で溺死した遊女は二千とも三千とも伝える動画が今なお掲載されているが、実際は八八名である。これは近年判明した事実ではなく、震災発生当時から死者千名は虚報であると指摘されてきた[16]。が、今なお残酷話を愉しむ体で怪談動画が繰り返し再生産されている。一世紀を経ても克服できずにいるのは、歴史的正確性ばかりではあるまい。

「吉原遊廓は今の時代のディズニーランドである」[17]といった言説が支持を集める時代が再び巡ってきたことを、二〇二四年開催された美術展『大吉原展』が雄弁に語る。確かに吉原遊廓が抱えた従来の陰惨たるイメージに新しい見方を与える魅力的な言説ではある。「非現実的空間」であればこそ当時の人々は憧れ、現代においてさえNHK大河ドラマ『べらぼう』を始めとして憧憬は止まない。しかし〝非現実〟とされた世界に生きたのは紛れもなく現実の人々であり、憧れを叶えるために払った犠牲はいかなるものだったのか、忘れてはなるまい。

YouTube 動画が示すように、遊廓にまつわる怪談は、前近代的な迷信から生産されたのではない。私は遊女とされた女性へ向けた蔑視が今なお社会の奥底でくすぶり続け、ことあるごとに顔を覗かせる機会を窺っていることを実感する。

〈参考文献〉

（1）磯部欣三『佐渡金山の底辺』文芸懇話会、昭和三十六年、一三二頁。
（2）脇田晴子『日本中世女性史の研究』東京大学出版会、一九九二年、六九頁、二二八頁。
（3）加藤晴美『遊廓と地域社会』清文堂出版、二〇二一年、一七六頁。
（4）藤目ゆき『性の歴史学』不二出版、一九九七年、九一頁
（5）内務省警保局「簿冊標題：内務大臣決裁書類・明治三十三年」、アジア歴史資料センター所蔵。（カタカナをひらがなへ筆者処理）
（6）加藤前掲書、一七七頁。
（7）「私娼の取締並びに発生の防止及び保護対策」一九四六年十一月十四日次官会議。
（8）「慶長年録　五」（『慶長年録』簿冊所収）、国立公文

書館所蔵。
（9）相川町史編纂委員会編『佐渡相川の歴史 資料集3』新潟県佐渡郡相川町、一九七三年、五七五頁。
（10）佐渡郡教育会編『佐渡年代記 下巻』佐渡郡教育会、一九三八年、拾遺八七頁。
（11）新潟県佐渡郡編『佐渡国誌』佐渡郡、一九二二年、一三二頁。
（12）『新潟県史 通史編6（近代1）』新潟県、一九八七年、五〇九頁。『新潟県統計書 大正3年 警察之部』新潟県、一九一六年、六七頁。
（13）磯部前掲書、一三二頁。
（14）磯部前掲書、八六頁。
（15）森崎和江『買春王国の女たち』論創社、二〇二四年、四頁。
（16）『新愛知』一九二三年十月三日付、「焼死した吉原の遊女三十八名 一千名焼死説は虚報」。市川伊三郎等編『新吉原遊廓略史』新吉原三業組合取締事務所、一九三六年、七二頁。
（17）田中優子「輝けるテーマパーク・吉原」、別冊歴史読本『歴史の中の遊女・被差別民』新人物往来社、二〇〇六年、六二頁。

執筆者紹介（執筆順）

髙木 元（たかぎ げん）　**第一章**

千葉大学名誉教授。

著書に、『江戸読本の研究―十九世紀小説様式攷―』（ぺりかん社）、『〈江戸怪異綺想文芸大系 4〉山東京山伝奇小説集』（編共著、国書刊行会）、『〈新日本古典大系 明治編 1〉開化風俗誌集』（共著、岩波書店）、『〈叢書江戸文庫 25〉中本型読本集』（編著、国書刊行会）、『読本の世界 ―江戸と上方― 』（共著、世界思想社）など。

植 朗子（うえ あきこ）　**コラム 1**

四天王寺大学文学部日本学科准教授。

『鬼滅夜話――キャラクター論で読み解く『鬼滅の刃』』（扶桑社）、『キャラクターたちの運命論――『岸辺露伴は動かない』から『鬼滅の刃』まで』（平凡社新書）、『死の神話学 (神話叢書)』（共著、晶文社）、『「神話」を近現代に問う（アジア遊学 217)』（共著、勉誠出版）など。

広坂 朋信（ひろさか とものぶ）　**第二章**

編集者・ライター。

主な著書に、『東京怪談ディテクション』（希林館・絶版）、『〈江戸怪談を読む〉実録四谷怪談』（白澤社）。共著に『怪異の時空 1 怪異を歩く』（青弓社）など。

渡辺 豪（わたなべ ごう）　**コラム 2**

遊廓専門出版社「カストリ出版」、吉原遊廓跡に開いた遊廓専門書店「カストリ書房」代表。全国 500 箇所以上の色街を取材・撮影、遊廓関連の稀覯本を復刻する。

著書に、『遊廓』とんぼの本（新潮社）、『赤線本』（監修、イースト・プレス）、『戦後のあだ花 カストリ雑誌』（三才ブックス）など。

〈江戸《えど》怪談《かいだん》を読《よ》む〉
吉原《よしわら》の怪談《かいだん》

2025年4月20日　第一版第一刷発行

著　者　髙木 元・植 朗子・渡辺 豪・広坂朋信
発　行　有限会社 白澤社《はくたくしゃ》
〒112-0014　東京都文京区関口1-29-6　松崎ビル2F
電話03-5155-2615／FAX03-5155-2616／E-mail : hakutaku@nifty.com
https://hakutakusha.co.jp/
発　売　株式会社 現代書館
〒102-0072　東京都千代田区飯田橋3-2-5
電話　03-3221-1321㈹／FAX　03-3262-5906

装　幀　装丁屋KICHIBE
印刷・用紙　モリモト印刷株式会社
用　紙　株式会社市瀬
製　本　鶴亀製本株式会社

 ISBN978-4-7684-8005-2